우리는 날마다

강화길 외

첫,

세상에 여러 의미있는 말이 있다지만, '첫'만큼 특별한 말은 알지 못합니다. 첫, 뒤에 어떤 단어가 붙어 있을지라도 우리의 마음은 곧잘 뭉클해지곤 합니다. 어쩌면 '첫'은 말 이전의 어떤 감정일지도 모릅니다. 채 말로 설명되지 못한 무수한 '첫'들……. 여러분의 마음속에는 어떤 첫이 가장 오래 머물러 있습니까?

이야기의 세계를 충실히 살아가는 우리 시대의 소설가들은 어떨까요? 어떤 '첫'을 지니고 있을까요? 지금으로부터 몇 달 전, 걷는사람은 현재 가장 활발히 활동하는 소설가 열아홉 분에게 무작정 '첫'이라는 테마를 던졌습니다. 그 어떤 소재 보다 풍성한 이야기를 몰고 올 것으로 확신하였기 때문입니다. 그 결과, 각기 다른 감각의 첫을 한 권의 책으로 엮을 수 있었습니다. 어떤 첫은 지극히 유쾌하고 어떤 첫은 지극히 진중합니다. 어떤 첫 앞에서는 시큰한 눈을 비비며 오래 머물러야 했습니다. 어느 것 하나 특별하지 않은 이야기는 없었습니다.

새로운 해가 시작되었습니다. '첫'과 가장 어울리는 이 계절에 소중한 책 『우리는 날마다』를 선보일 수 있어 기쁩니다. 이 책을 통해 우리가 날마다 얼마나 많은 '첫'과 대면하고 있는지, 아름다운 순간 순간을 살아가고 있는지 새삼 고개 끄덕일 수 있길 소망합니다. 지금 이 순간 또한 눈부신 '첫'임을 걷는사람은 잊지 않겠습니다.

2018년 1월
걷는사람 편집부

차례

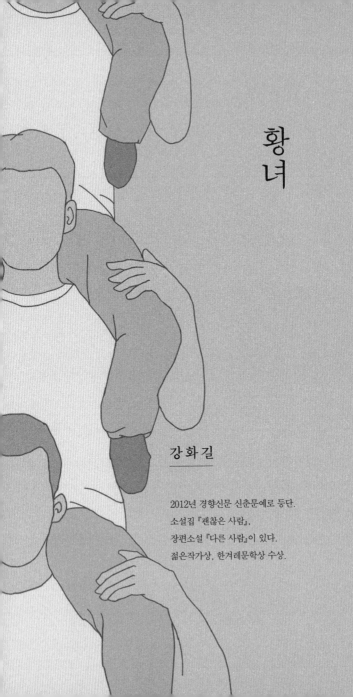

황녀

강 화 길

2012년 경향신문 신춘문예로 등단.
소설집 『괜찮은 사람』,
장편소설 『다른 사람』이 있다.
젊은작가상, 한겨레문학상 수상.

"나는 아무도 아닙니다."

옹주는 말문이 트이자마자 이 문장을 배웠다. 왕조는 몰락하는 중이었고, 분명 그렇게 될 터였지만 그와 상관없이 이어지는 것들이 있었기 때문이다. 그녀의 어머니는 왕을 마주칠 기회가 거의 없는 신분 낮은 궁인이었다. 그녀의 임신은 의외의 사건이었고, 곧장 다른 여인들의 원한을 샀다. 왕에게 잊힌 여인들, 아들이 없는 여인들, 궁궐 재산이 더는 남아 있지 않다는 걸 아는 여인들, 새로운 누군가를 받아들일 여력이 없고, 그래서 그 모든 불안을 그녀를 미워하는 것으로 묻어버리려는 여인들. 옹주를 밴 어머니의 배는 엄청나게 컸고, 다들 아들이라 짐작했다. 그건 있을 수 없는 일이었다. 있어서는 안 되는 일이었다. 산달이 되어 갈수록 어머니는 음식을 잘 먹지 못했다. 독이 들어 있을까 봐서였다.

깊은 밤, 어머니는 친척의 도움을 받아 간신히 궁을 탈출했다. 산골의 작은 오두막에서 아이를 낳았다. 딸이었다.

그녀는 감사했다. 딸이었기에, 후궁들의 위협은 줄어들 것이었다. 그리고 원망했다. 딸이었기에, 그녀는 앞으로 어떤 권한도 갖지 못할 터였다. 어머니의 두 가지 마음이 옹주의 마음에도 무언가를 만들었다. 모녀는 궁으로 돌아가지 않았다. 왕의 자손이 늘어났다는 걸 떠들고 다닐 필요는 없었다. 때를 기다리기로 했다. 언젠가 궁으로 돌아갈 날을. 비록 특별한 권한은 없을 테지만 왕의 딸이었다. 어머니는 생각했다. 그 사실만으로 존중받고 귀한 사람으로 대접받을 자격이 있다고. 어머니는 정말로 믿었다. 언젠가는 궁으로 돌아갈 수 있다고. 왕의 힘은 다시 강해질 것이고, 그러면 궁궐은 꽃과 비단으로 다시 넘쳐날 것이라고. 왕이 당신을 기억하리라 믿었다. 지금의 열악한 상황은 아직 때가 아니기 때문이었다. 따라서 모녀는 조심해야 했다. 돌아가기도 전에 죽음을 맞이할 수는 없으니까.

그렇다면 옹주에게 아무것도 알려주지 않는 편이 좋았을 것이다. 그러나 어머니는 옹주에게 신분을 잊지 말라고 가르쳤다. 그러면서 옹주가 이렇게 말하도록 또 가르쳤다.

"나는 그런 사람이 아닙니다. 나는 아무도 아닙니다."

그러면 절대 나쁜 일을 당하지 않을 거라면서.

어머니는 옹주에게 바느질도 가르쳤다. 어머니는 솜씨가 좋았다. 궁인 중에서도 특히 출중한 솜씨를 지니고 있었다고 종종 자랑하듯 말했다. 그건 과장이 아니었다. 찢어진 옷소매도 어머니의 손길이 닿으면 새것처럼 감쪽같았다. 반면 옹주는 바느질을 쉽게 익히지는 못했다. 어머니는 옹주가 바늘을 천에 찔러 넣을 때마다 손등을 때렸다. 형편없다고 했다. 아직 멀었다고 했다. 옹주는 어머니에게 꾸중을 들으면 곧장 눈물을 흘렸다. 어머니는 옹주를 더 호되게 나무랐다. 뭘 잘했다고 우느냐고, 운다고 뭐가 달라질 것 같으냐고. 나중에 옹주는 거의 울지 않게 된다. 감옥에서도, 빈집에서도, 그리고 그 일을 겪고 나서도.

시간이 흐르며 옹주의 솜씨는 좋아졌다. 아주 좋아졌다. 모두가 감탄할 만한 정도가 되었다. 어느 날, 옹주는 모두의 탄성을 자아내는 옷 한 벌을 지었다. 어머니는 말했다.

"겨우 그 정도로는 소용없다."

시간은 계속 흘렀다. 왕조는 완전히 몰락했고, 전쟁이 일어났고 세상이 계속 바뀌었다. 그러니까 그들이

기다리던 때는 오지 않았다. 어머니는 세상을 떠났다. 군인들이 마을로 밀려들었다. 옹주도 떠밀리듯 마을을 떠났다. 남쪽으로 내려갔다. 어느 마을에 도착했고, 옹주는 이제 자신의 힘으로 먹고살아야 한다는 걸 알았다. 그래서 옹주는 삯바느질을 시작했다. 그녀는 솜씨가 좋았다. 아주 좋았다. 궁인들 중에서도 특히 출중했던 어머니 정도인지는 모르겠지만, 어쨌든 뛰어났다. 사람들은 그녀가 누구인지 궁금해했다. 그녀는 배운 대로 대답했다. 나는 아무도 아닙니다. 그녀는 궁으로 돌아가겠다고 생각하지 않았다. 애초 그건 어머니의 생각이었다. 그녀는, 그냥, 그녀로 살았다. 그런데 어느 날, 어떤 사람들이 그녀를 찾아와 또 질문했다. 당신은 누구입니까. 정말로 왕의 딸입니까. 왜 바느질을 합니까. 뭘 만들고 있었습니까. 그녀는 대답했다.

"아니요. 저는 아무도 아닙니다."

그녀는 나쁜 일을 피하지 못했다. 사람들은 그녀가 거짓말을 한다고 말했다. 그녀가 수선한 옷이 북한군의 군복이라고 했다. 그녀가 간첩이라고 했다. 그녀는 그렇게 감옥에 갇혔다.

출소 후, 그녀는 전라도의 작은 도시 안진으로 갔다. 그곳에 이씨 왕조의 먼 친척이 살고 있다고 했다. 벌써 예순이 넘은 나이였다. 그녀는 다시 삯바느질을 시작했다. 그 나이가 되었지만, 바느질 외에 그녀가 할 수 있는 일이 없었다. 변하지 않은 사실이 있다면 그녀의 솜씨였다. 소문은 빠르게 퍼졌다. 궁에서 만든 옷 같다더라. 박음질 자국이 하나도 보이지 않을 정도라더라. 헌옷도 새것처럼 바꾸어 놓는다더라.

안진에서 그녀는 몰락한 왕조의 숨겨진 옹주보다, 삯바느질로 더 이름을 얻었다. 누구도 그녀에게 질문하지 않았다. 당신은 누구입니까. 때문에 그녀는 대답할 필요가 없었다. 나는 아무도 아니고, 그 누구도 아니라고. 대신 사람들은 옹주에게 칭찬을 건넸다. 훌륭합니다. 아름답습니다. 그때마다 옹주는 오래전 어머니가 차갑게 말하던 순간을 자주 떠올렸다.

"겨우 그 정도로는 소용없다."

세월이 또 흘렀다. 세상은 계속 변했다. 어느 순간부터 그녀의 손바느질은 기계의 속도를 따라가지 못했다. 다행히도, 삯바느질의 의미가 거의 없어질 무렵 그녀 역시 더는 바느질을 할 수 없게 되었다. 눈이 침침해졌던 것이다. 그래도 그녀는 이후 몇 년을 더 살았다. 여든두 살에 세상을 떠났다. 그 이십 년. 그 세월이야말로 그녀의 인생에서 고요하고 평온했던 시간이었다. 비교적, 이라고 말하는 이유는 지금부터 이야기하려는 바로 그 사건 때문이다. 그 일이 없었다면 그녀의 노년은 정말로 완전히 고요했으리라.

소녀는 열다섯 살이었다. 소녀는 옷감을 맡기러 옹주의 집에 처음 왔다. 이후 심부름을 하러 종종 들렀고, 나중에는 혼자 찾아오기 시작했다. 소녀는 옹주를 좋아했다. 옹주도 소녀를 좋아했다. 소녀는 말이 없었고 어른스러웠다. 어느 순간, 옹주는 소녀의 몸에 멍자국이 많다는 걸 알게 되었다. 집에 들어가기 싫어서 자신을 찾아온다는 것도 알게 되었다. 옹주는 모른 척했다. 소녀도 말하지 않았다. 대신 바느질을 가르쳐달라고 했다. 옹주는 가르쳤고, 소녀는 배웠다. 옹주는 절대 소녀의 손등을 때리지 않았다.

그날, 소녀가 밤에 옹주를 찾아왔다. 울고 있었다.

옹주는 무슨 일이 있었는지 짐작할 수 있었다. 소녀는 옹주의 집에 있고 싶다고 말했다. 옹주는 소녀를 내려다보다 안 된다고 대답했다. 옹주는 이제 남의 일에 휘말리는 일이 지긋지긋했고, 두려웠고, 어쨌든 마을 사람들의 배려 덕에 노년을 편히 보내고 있다는 걸 알고 있었다. 문득 그 순간 옹주는 그녀들을 이해했다. 그러니까, 어머니와 자신을 죽이고 싶어했던 후궁들, 어떻게든 잊지 않으려 노력하던 그 여인들. 그녀는 무언가를 거스르고 싶지 않았다.

소녀는 애원하지 않았다. 이해하는 것 같았다. 거절을 받아들였고 돌아섰다. 옹주는 문을 닫았다. 그날,

소녀는 실종되었다. 다시는 마을로 돌아오지 않았다. 그런 일이 있었다.

그러나 이건, 앞에서 말한 그 사건이 아니다.

사건은 바로 이것이다. 죽기 얼마 전에 옹주는 인터뷰를 했다. 당신이 조선 왕실의 마지막 옹주가 맞느냐는 질문에 그녀는 고개를 저었다. 오랜만의 질문이었는데 그녀는 빙그레 웃으며 아무 말도 안 했다. 그런데 기자가 조금 짓궂었던 모양이다. 그녀는 옹주를 가만히 바라보다 물었다. 당신은 스스로를 어떤 사람으로 생각하느냐고.

이후 기사는 이렇게 나갔다.

"그녀는 대답하지 않았다. 그러나 그녀는 평온하고 현명해 보였다. 그녀의 눈동자에는 한 단어로 정리할 수 없는 깊은 세월과 역사의 흔적이 있었다. 조용하던 그녀는 낮고 겸손한 목소리로 중얼거리듯 말했다. 나는 아무도 아닙니다. 그녀는 겸손했다."

아니다. 사실 그 질문을 받은 순간, 그녀는 당황했다. 단 한 번도 생각해본 적 없는 문제였다. 사람들은 그녀에게 늘 신분이나 이름을 물었지, 그녀가 스스로를 어떻게 생각하는지는 묻지 않았다. 때문에 그녀는 자신이 누구인지 말하기보다, 나는 누구도 아니라는 말을 더 많이 하며 살았다. 어떻게 대답해야 할지 몰라 당황한 중, 왜인지는 모르겠지만, 옹주는 그 소녀를 떠올렸다. 조용하고 어른스럽던 아이, 자주 울던 아이, 바느질을 배우고 싶어했던 아이.

소녀는 손끝이 야무졌고, 가르치는 것들을 금세 습득했다. 옹주와 달랐던 것이다. 옹주 역시 자신의 어머니와는 다른 말들을 했다. 잘하고 있다. 계속 그렇게 해라. 더 잘할 수 있다. 소녀는 즐거워했고, 옹주는 소녀의 표정을 보는 일이 좋았다. 그러던 어느 날, 소녀는 바느질을 하며 옹주에게 말했다.

"이렇게 계속 배우면 저도 할머니처럼 될 수 있겠죠? 어서 빨리 그렇게 되고 싶어요."

옹주는 대답하려 했다. 얼마든지 그럴 수 있다고, 그렇게 될 거라고. 그런데 불쑥 그 말이 툭, 튀어나오고 말았다.

"겨우 그 정도로는 소용없다."

왜였을까.

그날 그 순간, 그녀의 눈동자에 떠오른 건 그때 자신을 바라보던 소녀의 표정이었다. 왜였을까. 알 수 없는 일이었다. 죽을 때까지 그녀는 이유를 알지 못했다. 다만, 나쁜 일이 벌어질 것 같은 기분이 들 때면 늘 그랬듯, 그 순간 기자를 바라보며 가만히 중얼거렸을 뿐이다.

"나는 아무도 아닙니다."

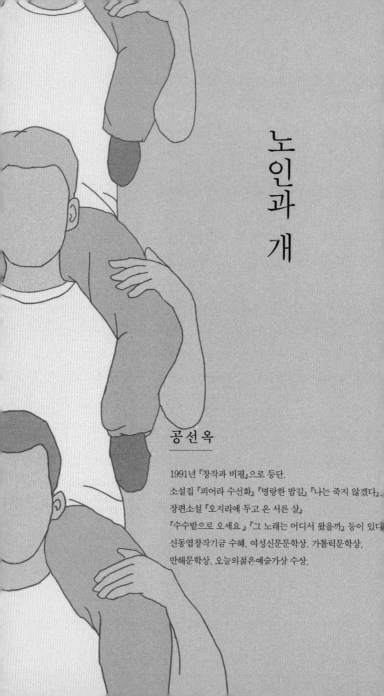

노인과 개

공선옥

1991년 『창작과 비평』으로 등단.
소설집 『피어라 수선화』 『명랑한 밤길』 『나는 죽지 않겠다』,
장편소설 『오지리에 두고 온 서른 살』
『수수밭으로 오세요』 『그 노래는 어디서 왔을까』 등이 있다.
신동엽창작기금 수혜, 여성신문문학상, 가톨릭문학상,
만해문학상, 오늘의젊은예술가상 수상.

오야는 태어나서 살며시 눈을 떴을 것이다. 살며시. 워낙에 겁 많은 놈이니, 틀림없이 그랬을 것이다. 와락 뜨지 않고 살며시. 뜬 듯 만 듯. 맨 처음 오야의 눈에 비친 곳의 풍경은 이렇다. 빽빽한 감나무 밭에 감들이 주렁주렁 달렸다. 가지가 휘어지도록 달렸다. 그 감들에 까치들이 잔치를 벌였다. 물론 오야는 그것이 나무인지, 나무 중에서도 무슨 나무인지, 나무 색깔이 무엇인지, 아니, 세상에 색깔이라는 것이 있는지도 모르는 상태이긴 했겠지만.

오야가 태어난 날은 햇빛이 밝은 가을이었다. 오야의 엄마는 감나무 과수원을 지키는 일을 했다. 감나무 과수원 저 아래, 한참이나 아래에 사람들이 사는 마을이 있었다. 오야 엄마, 길순이는 아침에 마을에서 울려오는 방송 소리를 들었다. 그것이 무슨 내용인지는 알지 못했지만 방송 소리는 늘 감나무 과수원 위로 올라와서 감나무 과수원 옆 산을 치고 메아리가 되어 오야 엄마 길순이의 신경을 거슬렸다. 그래서 길순이는 우우웅, 울었다. 무슨 내용인지는 모르겠으나 하여간 귀찮았다. 길순이의 주인인 길구는 길순이 새끼를 낳던 그날, 감나무 과수원에 올라오지 않았다. 마을에 잔치가 있었고 길구는 잔치에서 마신 술로 대낮부터 밤중까지 잠이 들었다. 그 동안에 오야가 태어났다. 세 형제 중에 오야는 맨 나중에 나왔다. 먼저 나온 두 형제들보다 좀 비실비실했다.

어차피 세상은 적자생존이야.

길순이 새끼를 낳은 지 이틀이나 지나 산에 온 길구가 비실비실한 오야한테 건네는 말을 오야는 알아듣지 못했다.

선생님, 개 한 마리 키워보실래요? 새끼를 세 마리나 낳았는데. 한 마리 가져가셔요.

사십 년 전 초등학교 제자인 길구의 전화를 받고 김 선생은 아내의 의중을 떠보았다.

어이, 제자 녀석이 과수원을 해. 과수원 지키는 개가 새끼를 낳았는데, 그중 한 마리 가져가 키워보래는데?

말이 끝나기도 전에 김 선생의 아내 오 여사의 안색이 싹 변했다.

개? 개 같은 소리 하지도 마셔.

바로 그 순간이었을 것이다. 개 생각을 한 번도 해보지 않았던 지난 세월들이 한꺼번에 후회막급으로 되새겨지던 것은. 김 선생이 오야를 데려온 것은 순전히 아내에 대한 반발심 때문이었다. 오 여사는 당연히 오야가 온 첫날부터 김 선생한테건 오야한테건 시도 때도 없이 신경질을 부렸다. 첫날부터도 아니다. 오야를 데리고 오는 차 안에서 오 여사는 운전대를 잡고 악을 썼다.

아니이, 새끼를 셋이나 기른 것도 모자라 새끼들의 새끼들까지 키우느라 한평생이 다 간 사람이야 내가아. 세상에 있는 새끼란 새끼들한테 질린 사람이라고오. 그런데, 또 개새끼까지 키우라고이?

김 선생은 오야를 끌어안은 채 오 여사의 온갖 악담이 섞인 신경질을 견뎌내야만 했다. 마음속으로는 '흐음, 당신이 그러면 그럴수록 나는 오야와 함께 더욱 단단해지리라' 결심하면서. 그러나 반항이든, 댓거리든, 했다가 운전자가 폭발을 해서 사고라도 날까 봐 우선은 아무 말 하지 않고 오야만 더 힘 있게 끌어안았다.

오야가 아직 오야라는 이름을 얻기 전이라, 김 선생은 오야를 우리 개라고 불렀고 오 여사는 당신 개 혹은 당신 개새끼라고 불렀다. 김 선생 속에서 욱하고 치미는 것이 있었지만 참았다. 참고 나니, 문득 오야가 자신이 밖에서 낳아가지고 온 새끼 같아졌다. 어쨌든, 오 여사로부터 당신 개새끼, 라는 말을 듣지 않기 위해서 라도 개 이름을 빨리 지어야 했다. 처음에 흰둥아, 불 렀다. 돌아보지도 않고 마루 밑으로 기어들어 간다. 가 을에 태어났으니, 가을아, 마루 밑에서 낑낑대기만 한 다. 감나무 밭에서 태어났으니, 나무야, 반응이 없다. 마루 밑을 살핀다, 오야아, 이리 온나, 오야아, 어이쭈 쭈…… 가만히 기어와 김 선생 담뱃진내 나는 손가락 을 핥는다. 오야는 그렇게 오야가 되었다.

오야가 오고 나서 김 선생의 아침은 분주해졌다. 퇴 직하고 나서 삼시 세끼 꼬박꼬박 밥을 먹으면 아내한 테 무슨 소리라도 들을까 싶어, 저녁에는 일찍 자고 아 침에는 늦게 일어나서 한 끼라도 덜 먹으려고 노력하고 있다는 것을 아내한테 언제 말할까, 가늠하고 있던 차 에 오야가 와서 김 선생은 아침에 일찍 일어나게 되었 다. 개는 산책을 시켜야 한다는 말을 어디선가 들었고 실제로 오야가 낑낑대는 소리가 자신을 밖으로 불러냈 다. 오 여사가 개하고 함께 산책을 하니, 밥맛이 좋은가 보네, 라는 말을 해줄 리는 없겠지만, 아침마다 개와 함 께 산책을 하니 기분이 좋았고 덕분에 오 여사가 밥 많 이 먹는다고 타박해도 그리 마음 상할 것 같지는 않았 다. 왜냐, 내게는 오야가 있지 않은가, 나의 오야가!

아침 밥상에 고등어자반이 나왔다.

어? 고등어네? 흐흐, 고등어야.

김 선생의 반색에, 오 여사가 고등어면 고등어지 웬 반색인가, 하는 표정으로 샐쭉 한번 쳐다보기만 할 뿐 별 반응이 없다. 김 선생은 조심조심 자반의 살을 발라 한쪽 접시에 담았다.

나 줄 생각 말고 그냥 잡숴요.

아이쿠 깜짝이야, 사실은 오야 줄려고 한 건데, 그걸 알고 오 여사가 먼저 선수를 친 건가?

응, 당신 안 줄게. 오야 조금 나눠 줄라고.

오야는 고등어 살을 순식간에 먹어버렸다. 그야말로 전광석화란, 바로 그런 순간을 말하는 것일 것이다. 김 선생 가슴이 싸아해졌다. 아, 말이 없어서 슬픈 짐승이여. 고등어자반 먹고 싶다는 말은 못 하고 사람이 줘야 먹는 내 어린 생명이여.

사달은 났다. 빈 접시를 들고 식탁에 앉는 순간,

당신은 사람보다 개가 먼저네?

함께 산 사십 년 동안 아내에게서 들은 목소리 중에 가장 살벌하다. 변명이랍시고, 그리고 딴에는 순발력을 발휘하여,

당신 줄 생각 말고 나 먹으라고 해서 이왕 나 먹는 것 좀 덜어서⋯⋯.

줬기로서니로 마무리 지으려고 했는데 말이 끝나기도 전에,

아무리 그렇다고 개를 주냐고오! 내가 개보다 못해? 으응, 그렇구나, 내가 인제야 알았네애, 그러니까 그동안 나는 당신한테 개보다 못한 대접을 받았던 거야아…… 아이고오…… 그리고 개한테 사람 먹는 접시를 주면 어떡해. 주려거든 개밥그릇에 주라고오. 또, 개 키우려거든 개를 제대로 알고 길러야지 개한테 소금기를 주면 어떡해 응? 어떡하냐고오…… 또…….

또, 또, 또…….

오 여사의 또 이어지는 훈계인지, 잔소린지, 악인지, 분노인지 하여간 그 모든 것이 뭉뚱거려져서 화염이 되어 타오르는 현장에서 더는 밥을 먹을 수가 없었다.

오 여사의 '탄압'이 거세질수록 김 선생과 오야의 관계는 더욱 단단해졌고 더욱 애달파졌다. 양말은 왜 꼭 뒤집어서 벗어놓는지, 치약 뚜껑은 왜 꼭 닫지 않는지, 수건은 왜 아무 데나 두는지, 책은, 옷은, 안경은, 담배는, 생각은, 눈은, 코는, 손은 발은…… 됐다 어디에 쓰려고 하는지 등등을 피해 오야와 함께 집을 나섰다. 김 선생이 도시를 떠나 이곳 시골에 터를 잡은 지 삼 년이 지나도록 제대로 산책을 해본 적이 없는 이유가 함께 산책할 만한 대상이 없어서였던 것 같았다. 아내는 시골에 전원주택을 짓고 살아도 도시 나들이가 빈번했다. 김 선생이야 운전도 못 하고 도시에 나가고 싶은 마음도 없었다. 그렇다고 집에만 있을 수도 없어 집 주변의 들길을 걸어보기는 했다. 중년이나 노년의 여자들이 모자와 코끝만 내놓은 마스크로 중무장을 하고 게릴라 전사들처럼 손발을 힘차게 휘저으며 걸어가고 걸어오는 것을 몇 번 보고는 들길 산책에 정이 떨어졌다. 어쩌다 개를 데리고 가는 사람도 만났다. 커다란 개를 세 마리나 데리고 산책하는 사람도 봤다. 그는 산길 초입 암자(암자라지만 멀쑥한 고대광실)의 주지승인데, 멀리서부터 악을 썼다. 비켜요, 비켱, 안 비키면 물려요, 물려. 물리면 책임 못 지니까 비켜요, 비켱, 어허, 비키라니깡. 큰 개를 데리고 헛둘 헛둘, 숫제 유격 훈련을 하는 남자가 김 선생의 어깨를 밀치며 바람처럼 스쳐 지나갔다. 그는 '비키라니깡'을 비키지 않고 가볍게 통과했다. 남자가 쓴 검은 고글에서 뿜어져 나오는 빛이 위협적이어서였는지 '비키라니깡'이 맥없이 옆으로 비켜서서 남자의 탄탄한 엉덩이를 째려본다.

토옹 안 나오시더니 오늘 만나네요오. 머리에 분홍 리본을 묶은 강아지를 안은 여자가 인사했다. 가볍게 목례를 하며 지나쳐 오긴 했지만, 당신은 개와 함께 산책하는 거요, 물어는 봐야 했던 것이 아닌가, 가벼운 후회가 들었다. 그러다가, 그렇게 물으면 여자가 틀림없이, 지금 개와 함께 산책하고 있잖아요, 했을 것이 틀림없고 그러면, 자신은 다시, 개를 안고 산책하면 개는 산책하는 것이 아니지 않느냐고, 또 물어야 했을 것이다.

그러나, 아무 말도 안 하고 그저 목례만 나누고 지나쳐 오길 잘했다는 결론은 쉽게 났다. 다만, 그 여자 머리의 분홍 리본의 잔상이 좀 눈앞에 아른거리는 듯은 했다. 어쨌든, 그 모든 여자와 남자들이 거슬려서 산책하기를 뚝 끊었다. 그러나 이제 어쩔 수 없다. 아침이면 산책하자고 졸라대는 오야의 낑낑대는 소리에 저절로 눈이 떠진다.

김 선생과 오야의 산책 코스는 사람들이 덜 다니는 응달지고 가파른 산길이다. 오야를 데리고 막 집을 나서려는 순간, 딩동댕, 방송이 울린다. 에에 이장입니다. 오늘은 개에 대해서 특별히 당부 말씀을 드릴랍니다. 어제, 꿩 농장 옆에서 얼씬거리는 흰둥이가 있었답니다. 꿩 농장 지킴이 개들이 사생결단으로 막았지만 흰둥이가 꿩 한 마리를 죽여버리고 달아났다 합니다. 개 주인들께서는……

우어어어엉, 개 단속 잘 하라는 소리라는 걸 아는 것처럼, 오야가 우어어엉, 걱정 마라, 흰둥이라고 다 같은 줄 아느냐, 답하듯이 짖는다. 산길을 조금 올라가다 보면 사방이 소나무로 둘러싸인 쉬기 좋은 무덤이 있다. 지난 일 년간 늘 그랬듯이, 소나무 가지에 겉옷을 걸어놓고 개 목줄을 푼다. 동쪽 산 위로 마악 솟아오른 해가 소나무 숲 사이로 찬연한 빛을 쏜다. 빛이 반사된 이슬들의 반짝임에서 금방이라도 영롱한 파아노 소리가 날 것만 같다. 마침 뚜뚜두뚜두 하는 꾀꼬리 소리 같은 소리를 내는 새소리가 들려온다. 천국이 여기 이 무덤 자리구나, 고맙다, 오야야. 오야 니가 아니었으면 이런 자리를 내 영영 모르고 살았으리, 혼자 중얼거리는 순간, 오야가 없어졌다. 아니, 내빼기 시작했다. 어, 어, 아니 아니, 오, 오야, 오야야야, 야, 야, 야 새끼야, 너 어디 가니, 이 자식이…… 일 와 일 오라니까…… 내빼기 시작하는 오야 뒤를 쫓는다. 오야는 순식간에 김 선생의 시야를 벗어났다. 야가 어딜 간 거여어…….

최근에 틈만 나면 도망치려는 기미를 알아채지 못한 것은 아니다. 그러나 실제로 도망을 갈 줄이야 했는데, 진짜 도망을 쳤다.

비키쇼, 비켱, 물려도 책임 못 지니까 비키라니깡.

호, 혹시, 오야, 아니, 흰둥이 한 마리 못 보셨습니깡?

'비키라니깡'은 '못 보셨습니깡'에 한참을 대답하지 않고 비키라니까앙, 발만 구른다. 고오얀…… 하며 돌아서는데, 얼굴을 전혀 알아볼 수 없게 코끝만 내놓은 게릴라 여전사 아줌마들이 맞은편에서 오고 있다.

혹시 흰둥이 한 마리……

못 봤는데요.

여전사들의 대답이 짧은 것은 길게 말하면 자기들 정체가 탄로날까 봐 두려워서일 것이라는 실없는 생각을 할 때는 아니지만 워낙에 짧은 그녀들의 대답이 좀 민

망하긴 하다. 에라이…… 하는데, 횟둘횟둘, 유격 훈련
하는 자가 달려온다. 물어보나 마나일 것이다. 그러나,

개 찾으시죠?

예에. 아까 산 쪽으로 개 데리고 들어가시는 거 봤거
든요.

맞아요. 산속 무덤 자리가 하도 좋아서 애를 좀 풀어
놓았는데, 그 새 애가 도망을 가버렸어요.

도망간 게 아니고 사랑을 찾아간 겁니다.

그걸 어떻게?

아시느냐고 묻기도 전에,

수컷이죠? 수컷들은 다 그래요. 십 리 밖까지 갑니
다. 며칠씩 걸리기도 하죠. 그러다 돌아와요. 틀림없이
돌아온다니까요.

말하며 번쩍이는 고글을 벗어 인사한다. 고글을 벗으
며 웃는 남자의 눈매가 의외로 순하다. 남자가 가리킨
쪽으로 살살 가 본다. 거기, 벌 농장 앞을 지키는 검은
둥이하고 오야가 아침 햇살 가득한 속에서 사랑을 하고
있다. 오야, 부르려다가 그만둔다.

그래, 너는 그대로 사랑을 해라. 나는 무덤가 소나무
에 걸린 내 옷을 가져올란다. 다시 산길로 들어간다. 하
참, 자식도, 실실 웃음이 비어져 나온다. 옷을 걸치려는
데 문득 아랫도리가 묵직해진다. 주위를 둘러본다. 뚜
뚜두뚜두, 아이쿠 깜짝이야, 집으로 달려온다.

오야는?

아침 밥상을 차리던 오 여사가 묻는다.

사정이 있어.

개한테 뭔 사정?

사정이 있다니까아.

오 여사 손을 급하게 끈다.

아이, 징그럽게 왜 그래애, 생전 안 하던 짓을⋯⋯ 미쳤어 미쳤어, 옴마야.

오야 잘 데려온 거 맞지?

흐응, 그런 거 같어어⋯⋯ 아고오⋯⋯ 쿡쿡쿡.

사람들 세상에 무슨 일이 있든지 말든지 내 알 바 아니라고 시치미 뚝 뗀 표정으로 오야가 들어온다. 아침 햇살 찬란한 초가을 아침이다.

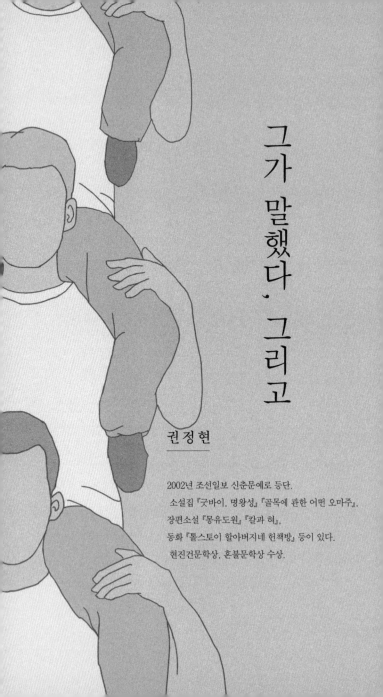

그가 말했다, 그리고

권정현

2002년 조선일보 신춘문예로 등단.
소설집 『굿바이, 명왕성』 『골목에 관한 어떤 오마주』,
장편소설 『몽유도원』 『칼과 혀』,
동화 『톨스토이 할아버지네 헌책방』 등이 있다.
현진건문학상, 혼불문학상 수상.

적어도 다섯 시간 쯤은 좋이 걸어가야 해. 그가 말했다. 어쩌면 이틀, 아니 열 달쯤 걸릴지도 모르지. 그가 말했다. 거기에 가면 그를, 아니, 그것을 만날 수도 있어. 그가 말했다. 잊지 못할 순간이지! 그가 말했다. 아무렴, 뭐든 처음 하는 건 그런 법이니까. 계속해서 그가 말했다. 사실 좀 멜랑꼴리해질 필요가 있어. 그가 말했다. 그러니까 거긴, 그가 말했다. 절대로! 절대로 맨 정신으론 갈 수 없는 곳이야. 맨 정신으로 거길 가느니 차라리 아귀지옥 속에 뛰어드는 게 낫지! 안 그래? 그가 말했다.

명성 같은 건 중요하지 않아. 그가 말했다. 문제는 우리들 내부지. 그가 말했다. 막연한 두려움 그걸 이겨내야 해. 그가 말했다. 일단 거길 가게 되면……. 그가 말했다. 후회 같은 것을 해서도 안 되고. 그가 말했다. 그렇지! 술을 조금 마실 필요가 있어. 너처럼 예민하고 본성이 심약한 개체들일수록. 그가 말했다. 가볍게 한잔 걸치고 나서 흘러간 노래를 흥얼거리는 거지. 그가 말했다. 주머니에 얼마간의 현금을 챙기는 것도 좋아. 그가 말했다. 사실 거긴 그다지 유쾌한 곳이 아니거든. 그가 말했다.

거기는 우주의 할렘 같은 곳이야. 짐승의 똥 같은 것이 아무렇게나 널려 있고, 십 년 전의 신문 정치면 쪼가리가 아직도 바람에 돌아다니기도 해. 이미 죽은 사내아이들의 흰 운동화 한 짝이 하수구에 처박혀 있기도 하고. 살이 죄 부러진 우산이 전봇대에 괴기스럽게 걸려 있기도 하지, 마치 공허의 뼈대처럼. 전봇대 위엔 당연하다는 듯이 까마귀 같은 것이 몇 마리 앉아서 낯선 방문객을 잡아먹을 듯이 노려보기도 하는 곳.

그가 말했다. 그래서 약간의 현금이 필요할 수도 있다는 거지. 그런 골목이란 늘 예기치 않은 일들이 벌어지는 법이니까. 누군가 불쑥 옆구리로 칼을 들이밀거나 강제로 봉고차 같은 것에 태워지게 되는 상황, 아니면 떠난 여인의 품이 미칠 듯이 그리워지기도 하는. 유독 붉은색을 사랑하는 늙은 여자들이 둘씩 서넛씩 골목으로 이무기처럼 스며 나와 이방인의 팬티 속에 갈퀴 같은 손가락을 집어넣고 "삼만 원"이니, "오만 원"이니

씨부려댈 수도 있어. 그녀들과 눈을 마주치는 순간 모든 게 헛수고가 될 수도 있으니 정신 차려야 해. 그녀들과 살을 섞으며 아궁이 감자처럼 하룻밤 푹 익고 나면 세상만사 다 귀찮아지거든. 그래서 가끔은 한쪽 방향만 보며 걸을 필요가 있지. 그녀들을 연민할 필요도 없고 주머니의 돈을 헤아릴 필요도 없이, 그가 말했다. 골목의 모서리만 보고 걷는 거야.

그가 말했다. 권태도 그런 법이잖아. 앞만 보고 가는 사람은 언젠가 지치게 돼 있어. 끝없는 길의 공허 때문이지. 모서리를 보고 걷는 사람은 그럴 필요가 없어. 모서리가 나올 때마다 발짝이 내는 비트에 맞춰 몸을 틀어주는 거야. 왼쪽으로 오른쪽으로 다시 왼쪽 아니 오른쪽 다시 모서리가 나오면 한 박자 쉬고. 모서리를 돌아갈 때마다 우리는 모종의 안도감 같은 것을 느끼게 되는 건지도 몰라. 어떤 일도 벌어지지 않을 거라는 믿음, 무심코 지나가는 모서리와 모서리, 그 간극과 틈 속에서 나는 여전히 어딘가로 가고 있고, 그러니까 나는 적어도 뒤처지지는 않았다고, 하릴없이 버려지지는 않았다고 스스로 위로하는 거지. 비루한 골목이 끝나기를 바라는 한편, 부지불식간에 골목이 끝나 깊은 낭하나 예상 못 한 거대한 아가리 같은 것을 맞닥트렸을 때 느끼게 되는 당황스러움 같은 것을 두려워하면서. 그가 말했다. 그래서 더더욱 우리는 거길 가야 해⋯⋯. 그가 말했다.

　붉은 벽돌, 의, 여관…… 그래, 그게 생각나는군, 끝도 없이 이어진 붉은 벽돌이야. 처음엔 영화 세트장이 아닌지 의심을 하게 되지. 호스텔[1] 속의 주인공이된 그런 느낌이야. 벽돌담 밑에 드문드문 작약이 자라고 있는데 그 붉은색이 정말 인상적이었어. 우리는 그런 생각을 하게 되지. 어쩌면 저 붉은 꽃잎은 곧 있게될 사건의 복선 같은 것이 아닐까? 어디서 시멘트 부스러지는 소리라도 들려올라 치면 자신에게 다가오는 위험이 아닌지 잔뜩 몸을 움츠리게 되는 거야. 포우가 머저리들의 심연에 새겨놓은 고양이나 까마귀의 공포[2]를떠올릴 수도 있겠고. 그래도 꾸역꾸역 거길 갈 수밖에없는 건……. 그가 말했다.

　전 생애를 걸어도 좋을 만한 곳이기 때문이지. 그가말했다. 호기심은 늘 우리를 들뜨게 하잖아. 거길 가면경험할 수 있는 모든 걸 체험할 수 있어. 해병대 캠프처럼 극한 상황 속에서 숨을 헐떡거릴 때도 있고 '사랑'이라는 괴상한 감정을 경험하며 가슴 설레어볼 수도 있으니까. 그가 말했다. 그래서 우린 거길 가야 해. 그가 말했다. 거길 가 보지 않고는 누구도 존재에 대하여 말할수 없거든. 신, 어쩌면 그 남자를 만날 기회를 갖기도하겠군. 그걸 고안한 사람도 그걸 사실처럼 떠벌리는설교자들도, 맹목적으로 추종하는 머저리들도, 그 모든 부조리 가운데 영원의 섬처럼 멀리서 웃고 있는 진짜 "그것"을 느낄 수도 있겠지. 어쩌면 그것은 소문으로만 떠돌던 알렙[3)]의 입구, 혹은 본체인지도 모르겠어.

그가 말했다. 택시 같은 건 생각도 하지 마. 그곳으로 가자고 하면 인상부터 찡그릴 테니까. 가급적이면 걸어서 가 보길 바라. 도심을 벗어나야 한다는 건 소문으로 들어서 알고 있겠지? 그래도 물어가며 가야 해. 노인들이라면 더더욱 친절하게 그곳의 위치를 알고 있을 테니까. 노인들의 나이 같은 건 알 필요가 없어. 어쩌면 수백 번을 죽고 산 사람들인지도 모르거든. 어쩌면 그들은 이미 죽은 자들일 수도 있어. 노인들이란 원래 그런 법이지. 그가 말했다. 밤이면 몇 집 건너 하나씩 사람이 죽고 송장 썩는 냄새를 풍기며 은밀하게 시체들이 도시 외곽으로 실려 나가도 희한하게 날이 밝으면 노인들이 돌아다니고. 그런 일은 도시가 생기기 시작한 무렵부터 쭉 이어져온 풍경이었지.

계속해서 그가 말했다. 세 갈래의 길…… 거기까지 갔다면 제대로 길을 찾았다고 볼 수 있어. 왼쪽 길엔 '정수탑'이라는 평범한 팻말이 걸려 있지. 마차 바퀴가 깊게 파인 중앙 방향은 아무런 표식도 없고. 오른쪽 길 입구엔 아치형 나무 장식을 따라 둥글게, 그러나 아주 작은 필체로 쓰인 '오목교'라는 글씨를 볼 수 있어. 그게 무얼 뜻하는지 그곳에서 무얼 기르거나 파는지는 아직 알려진 게 없지만. 그가 말했다. 그러니까……
그 삼거리로부터 소식이 단절된 이유는 그곳으로 떠나
간 사람은 다시 돌아오지 않았기 때문이야. 그가 말했
다. 그곳은 이 세계를 지탱하는 어떤 보이지 않는 법칙
같은 것이지. 세 방향 중에서 어느 쪽으로 가든, 선택한
길 너머로 한 발짝 떼는 순간 어떤 세계의 내외부가 결
정되어 버리는 거지. 말하자면…… 그가 말했다. 너는
선을 넘게 되는 거야.

그가 말했다. 하루에도 수백 명, 아니 셀 수 없는 사
람들이 세 갈래의 길 앞에 서 있곤 해. 그들은 순간의
결정에 따라 왼쪽 길로, 혹은 중앙으로, 혹은 오른쪽 길
로 걸음을 내디디지. 아주 조심스럽게 그러나 은밀하
게. 좌우를 두리번거리는 종족 고유의 특성을 보여주
면서. 꺼벙하거나 반짝반짝 빛나거나 졸음에 잠긴 온갖
눈동자를 하고서. 아주 드물게는 발짝을 떼기 전에, 그
러니까 어떤 선택도 하지 않은 채 되돌아오기도 해. 그
들이 겁쟁이라고? 그가 말했다. 아니야, 어쩌면 그들의
선택이 현명한 건지도 모르지. 거길 가 본 사람들이라
면 대부분 두 번 다시 그곳에 가고 싶어 하지는 않을 테
니까. 그가 말했다. 그럼에도 거길 꾸역꾸역 가는 이유
는, 그가 말했다. "바로 호기심 때문이야!"

못 믿겠지만 가장 많이 선택되는 곳이 정수장이야.
이유가 뭔지 아니? 그가 말했다. '오목교'라는 정체 불

명의 단어는 사람들을 불안하게 하지. 익숙하지 않거든. 표식 없는 중앙의 길도 마찬가지야. 하지만 정수탑은 다르지. 우린 도시 곳곳에 세워진 정수탑을 한 번쯤본 적이 있을 테니까. 그가 말했다. 그것은 마치 이웃집 아저씨처럼 너무도 친밀하게 우리 곁에 서 있곤 하잖아. 시원한 물줄기를 한가득 머금은 채. 어떤 가뭄이와도 수돗물을 콸콸 가정으로 배달하지. 그 친근함. 그 친근함이 사람들을 끌어당기는 거야. 그곳으로 가면 아주 막연하게나마 자신이 방금까지 속했던 세계의 접점같은 것을 찾을 수 있다고 믿게 되는 거지. 고작 정수탑하나를 매개로 하여. 그가 말했다.

정수탑은 대략 높이가 십 미터쯤 되는 시설이야. 넓이도 그쯤 되겠지. 그가 말했다. 거기 다다르면 거무죽죽한 콘크리트 외벽을 따라 순례자처럼 몇 바퀴를 돌아야 해. 귀로 물 떨어지는 소리가 간헐적으로 들려오기도 할 텐데, 그렇다고 해서 소리에 신경을 쓸 필요는 없어. 때론 고양이 한 마리가 시멘트 위를 버석거리며 돌아다니기도 하겠지만 그것 역시 눈길을 끌 만한 사건은못 되지. 그가 말했다. 아무튼 멈추지 말아야 해. 종교가 있는 사람들은 절을 하거나 기도를 하고 믿음이 없는 자들은 가래침을 뱉거나 햇살에 눈을 찡그려도 돼. 아무려나 그렇게 몇 바퀴 돌다 보면 자연스럽게 벽 한쪽에 달린 문을 발견하게 될 테니까. 문과 벽이 같은 색이어서 쉽게 발견할 수 없었던 거지. 그가 말했다.

문이 보이면……. 그가 말했다. 그걸 활짝 열고 들어
가는 게 좋아. 곧장 어둠 속으로 쭉 뻗어 내려간 철제
계단을 보게 될 거야. 철컹거리며 계단을 내려가야 하
는데, 여기서 중요한 건 절대로 뒤를 돌아보아서는 안
된다는 거지. 불행한 일이지만 뒤를 돌아보는 순간 난
간이 무너지며 추락해버릴 수도 있어. 계단 어딘가 쯤
에 다다르면 아주 잠깐, 이 모든 게 환상이 아닐까, 하
는 의구심과 맞닥뜨리게 돼. 혹시 꿈을 꾸고 있는 게 아
닌지, 아니면 가상 현실 게임 같은 프로그램에 접속하
여 미션을 수행하는 게 아닌, 방금까지 자신을 그곳
으로 이끌었던 것이 어느 한낮의 권태와 가난한 골목의
적요로운 햇살, 옥상에 널려 있는 누군가의 하얀 빨래,
지하철 전동차 속에서 느꼈던 이유를 알 수 없는 환멸,
아무도 맞아주지 않는 텅 빈 거실의 쓸쓸함이었다는 사
실을 잊어버리고 잠깐 현실과 비현실의 경계 속에 서게
되는 거지. 너는 이제 알겠지? 그게 우리들이야. 그가
말했다.

멈추지 말고 아래로 내려가야 해. 그가 말했다. 계단
은 끝도 없이 이어지는데 거길 온전히 통과하려면 적어
도 한 시간, 아니 그보다 조금 더 많은 시간을 소요하게
되지. 그 부분에 이르러 우리는 앞서거니 뒤서거니 함
께, 아니 부지런히 이유도 모른 채 앞장서 걷고 있는 그

림자들을 만나게 될 거야. 이상한 초조 같은 것이 우리의 심연으로 스미게 되는데 망설임 없이 그 장소를 빠져나가야 한다는 걸 꼭 명심했으면 좋겠어. 자칫 시간을 지체했다가는 흔적도 없이 소멸해버릴 테니까. 존재한다는 그 위대한 기쁨을, 혹은 그 기쁨에 대한 자각이, 그가 말했다. 그냥, 사라져버리는 거야. 없음으로, 없음으로.

그가 말했다. 인내는 반드시 보상을 주는 법이지. 그가 말했다. 잠시 후 알 수 없는 암흑의 계단을 벗어나 아주 이상하게 생긴 물웅덩이 속으로 풍덩, 빠져들게 될 테니까. 일종의 세례 같은 거지. 그가 말했다. 그 모든 게 대부분 과거의 경험 속에서 재현되는 거지만, 우리는 결코 그 사실을 인지하지 못해. 그가 말했다. 우리는 사실 멍청하거든. 그가 계속해서 말했다. 단언컨대 나는 이 우주에서 그처럼 고요한 장소를 본 적이 없어. 그게 정수탑의 내부인지, 아니면 정수탑 지하에 고인 물웅덩이인지는 정확히 알 수 없지만. 그가 말했다. 그렇다고 오로지 휴식만 취할 수 있는 곳은 아니야. 그가 말했다. 망아 속에서 우리는 사유해야 해. 인간들이 허세스럽게 내뱉곤 하는 내가 누구인가, 따위의 사유는 할 필요가 없어. 그가 말했다. 거기선 오로지 한 가지 질문만 통하지. 당신은 누구인가? 지금 내 주변을 맴돌며 사랑을 갈구하는 당신은 누구인가. 그가 말했다. 너는 그것을 이해하겠니?

그렇게 까무룩 시간을 견디고 나면, 어느 날 아무런 예고도 없이 커튼 하나가 내부에서 자라나 한쪽 벽을 헐어 젖히는 걸 보게 될 거야. 커튼을 열고 한 발짝 딛게 되면 마치 자석에 이끌리듯 어떤 터널 속으로 진입하게 될 거야. 그가 말했다. 그것은 마치 양의 내장처럼 생겼는데 높이가 낮아서 거의 기다시피 그곳으로 진입해야 해. 터널 천장에선 끈적끈적한, 기묘한 냄새를 풍기는 액체들이 쏟아져 내리는데 몸이 흠뻑 젖을 즈음에야 비로소 그 이상한 동굴은 끝나게 돼. 그가 말했다. 컴컴했던 터널 밖에서 너무도 밝은 빛 한 줄기가 흘러들어 오는데 결사적으로 그 빛을 향해 밀고 나가다 마지막 문 하나가 기묘한 떨림 속에 붉은 속을 내보이면서 너를 바깥으로 데뷔시키는 거지. 그가 말했다. 갑자기 세상이 환해지면서, 모두의 눈이 너를 향해 있는 것을 발견하게 될 거야. 인생에 있어서 단 한 번, 진심으로 주목받게 되는 거의 유일무이한 순간이지. 그가 말했다. 그래서 무얼 해야 하냐고?

기다리던 이들이 실망하지 않게 큰 소리로 울어주는 거지.

아주 힘차게! 그가 말했다…….

1) 일라이 로스 감독의 영화 『호스텔Hostel』(2005)을 말한다.
2) 앨런 포우의 작품「검은 고양이」와「갈까마귀」를 말한다.
3) 이 소설 속에서는 보르헤스가 고안한 알렙El Aleph을 의미한다.

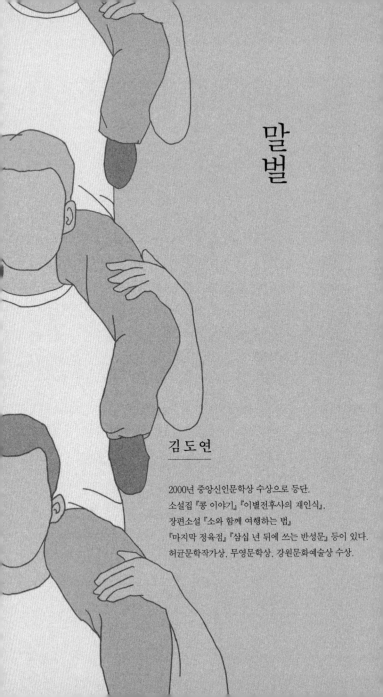

말벌

김도연

2000년 중앙신인문학상 수상으로 등단.
소설집 『콩 이야기』『이별전후사의 재인식』,
장편소설 『소와 함께 여행하는 법』
『마지막 정육점』『삼십 년 뒤에 쓰는 반성문』 등이 있다.
허균문학작가상, 무영문학상, 강원문화예술상 수상.

"밭에 안 갈 거야?"

"오늘 약속 있어."

"무슨 약속? 그런 얘기 없었잖아?"

"아, 몰라! 뭘 그리 꼬치꼬치 캐물어."

"약속을 왜 잡아? 오늘 배추 작업해야 한다고 내가 며칠 전부터 얘기했잖아. 누구 만나는데?"

"말해도 모르는 사람이야."

"나 혼자 어떻게 그 많은 배추를 옮겨! 약속 취소해."

"엄청 중요한 약속이야!"

일요일 오후 박朴은 빽빽한 아파트 숲을 터덜터덜 빠져나와 약수터로 가는 산책로로 접어들었다. 요즘 들어 아내는 뭐가 그리 바쁜지 주말이면 집에 붙어 있지 않았다. 아마 박이 직장에 나가는 평일에도 마찬가지일 것이다. 딸이 결혼을 하고 아들이 직장을 잡으면서 집 밖으로 싸돌아다니는 시간이 더 많아진 것이다. 그동안 박과 아이들 뒷바라지하고 집안일 하느라 미뤄두었던 일들을 한꺼번에 하겠다는 의도가 역력했다. 배드민턴 을 배운다, 커피 드립을 배운다, 등산을 다닌다, 초등학 교 동창들을 만난다…… 이건 마치 몸이 열 개라도 모 자를 정도로 싸돌아다니니 박에게 따스한 밥상을 차려 준 게 언제 적 일인지 모를 정도다. 그러니 주말농장에 같이 가서 일을 하는 건 사실 바랄 형편도 아니었다. 박 은 저편 산자락 아래에 자리한 원두막을 향해 터벅터벅 걸어갔다.

"날씨 좋네요!"

"좋으면 뭐합니까. 쉬는 날 놀지도 못하고 고추나 따 는데."

박의 옆 밭에서 빨갛게 익은 고추를 따고 있던 장張이 허리를 주무르며 말을 받았다. 비슷한 연배의 장도 혼 자였다. 산자락과 붙어 있는 밭에서는 강姜이 밀짚모자 를 쓴 채 쪼그려 앉아 호미로 고구마를 캐고 있었다. 바 야흐로 추수의 계절인데 다들 일손 한 명 데려오지 못 한 걸 보니 남의 일 같지 않았다.

박은 밭으로 곧장 가지 않고 원두막으로 가서 덜렁 드러누웠다. 일할 맛이 나지 않았다. 주말농장을 처음 시작할 때만 해도 아내와 자식들의 반응이 괜찮았는데 어째 해가 거듭될수록 시들해졌다. 자식들이야 그렇다 치더라도 요즘 들어 아내는 좀 너무한다 싶었다. 주말농장에서 재배한 온갖 작물들을 가져다 주면 얌체같이 먹는 일에만 열중할 뿐이었다. 아무리 자그마한 규모의 주말농장이라 해도 농사일이란 게 원래 손이 많이 갔다. 옆에서 잔심부름이라도 해주면 힘이 훨씬 덜 드는 법이었다. 그걸 뻔히 알고 있음에도 아내는 주말이면 다른 곳으로 돌아치느라 바빴다. 아니, 최근 들어 가정적으로 변신한 박의 접근 자체를 귀찮아했다. 박은 원두막의 천장에 매달린 말벌집을 드나드는 말벌들을 올려다보며 한숨을 내뱉었다. 말벌집은 요 며칠 사이에 꽤 커져 있었다. 그나마 커져가는 말벌집을 보는 게 주말농장을 찾는 낙이었다. 박은 누운 채로 손을 뻗어 소형 냉장고의 문을 열었다.

"날도 좋은데 막걸리나 한 사발 마시고 일합시다!"

"아, 낮부터 취하면 고추는 누가 땁니까!"

"고구마는 누가 캐고!"

말은 그렇게 했지만 장과 강은 고추밭과 고구마밭에서 손을 툭툭 털고 일어나 허리를 뒤로 젖혔다. 두 사람이 토해내는 앓는 소리가 서리 맞은 낙엽처럼 뚝뚝 떨어졌다. 장시간 허리를 구부린 채 고추를 따거나 쪼그려 앉아 고구마를 캐는 게 결코 만만한 일이 아니었다. 더군다나 어릴 적 기억을 떠올려서 변변찮은 농기구로 더듬거리며 하는 농사일이다 보니 불편한 게 한두 가지가 아니었다. 박은 장과 강이 개울에서 손을 씻는 동안 가스레인지에 불을 붙이고 오징어를 구웠다. 박이 지난 봄에 직접 지은 원두막은 주말농장의 쉼터이자 주막이었다. 인근에서 전기까지 끌어온 터라 웬만한 것은 다 해결할 수 있었다. 땡볕에 일을 하다 지치면 원두막에서 낮잠을 자거나 갑자기 소나기가 내리면 부침개를 지져 먹을 수도 있었다. 그러다 보니 주말농장에 나온 사내들이 하나둘 찾아오기 시작했는데 시간이 흐르면서 점점 술판으로 변해가는 경우가 많아졌다. 술이라면 마다하지 않는 원두막 주인 박의 인생철학 때문이었다.

"박 형, 저 말벌집 정말 그대로 둘 작정입니까?"

장이 천장에서 눈을 떼지 않은 채 물었다.

"저게 얼마나 귀한 건지 저번에 얘기했잖아요. 도시에 사는 사람들은 일부러 구하려 해도 못 구합니다."

"말벌주 마시면 정력이 쎄진다는 게 사실일까요?"

"왜, 요즘 잘 안 섭니까? 강 형, 그냥 인터넷으로 검색해봐. 말벌주, 아니면 노봉방주로."

"……집이 자꾸 커지는 거 같은데 119 불러야 되는 거 아닐까요? 말벌에 쏘일 위험이 있잖습니까?"

장은 여전히 불안한 듯 벌집에서 눈을 떼지 않았다.

"내가 어린 시절을 산골에서 살아봐서 알아요. 개가 매일 밥 주는 주인 무는 거 봤습니까? 말벌도 주인은 절대 안 쏩니다."

"에이!"

장이 웃었다.

"저 말벌도 주인이 있어요?"

"아니, 강 형, 내가 지은 원두막에 말벌들이 들어와 집을 지었으니 주인이 누구겠어요?"

원두막의 술자리는 당연히 막걸리 한 병에서 멈추지 않았다. 만약을 대비해 숨겨놓았던 술이 원두막 곳곳에서 차례로 불려 나왔다. 박의 배추와 장의 고추, 강의 고구마는 가을볕이 나른하게 펼쳐져 있는 주말농장에서 주인의 손길을 기다리다 지쳐 졸고 있을 게 틀림없었다. 엉덩이를 까고 이랑에 퍼질러 앉은 배추, 가지 끝에 대롱대롱 매달린 고추, 조금씩 말라가는 이랑의 흙속에다 아예 온몸을 파묻은 고구마. 사실 뭐 애당초 자그마한 주말농장에다 배추 한 줄, 고추 두어 줄, 고구마 한 줄을 심어 돈을 벌자고 작정한 이는 아무도 없었다. 그러니 제 시기에 맞춰 추수를 하지 못한다 해도 별 문제 될 게 없었다. 어찌 보면 다들 소일거리 삼아 빽빽한 아파트 숲이 보이는 도시 귀퉁이에 붙어 있는 주말농장의 밭이랑 몇 줄을 빌려 농부 흉내를 서툴게 내는 게 맞았다. 여러 취미생활을 전전하다 주말농장이란 곳까지 오게 된 사연을 곱씹으며 마시는 술은 그래서 쓰고 달았다. 마치 천둥과 먹구름을 지나 서리 내리는 늦가을

국화 앞에 선 사내들처럼.

"이젠 요리조리 핑계 대고 어떻게든 빠져나갈 구멍만 찾는다니까요!"

원두막의 나무 기둥에 기댄 강이 약이 오른 표정을 지었다. 주말농장에 나오지 않으려 하는 아내를 두고 하는 말이었다. 박과 장이 동시에 고개를 끄덕였다. 장은 소주를 단숨에 비우곤 오징어 다리를 씹으며 입을 열었다.

"주말농장엔 코빼기도 안 비치면서 집에 가져가면 먹기는 엄청 잘 먹어요!"

"남자들만 불쌍해진 세상이 된 거죠……."

박의 진단에 장과 강은 공감한다는 듯 무겁게 고개를 끄덕였다. 주말농장에서 처음 만나 농사일에 대해 이것 저것 묻고 대답하면서 안면을 트게 되었고 이후 밭 옆 그늘 넓은 상수리나무 아래에서 처음 시작한 술자리가 박이 지은 원두막으로 옮겨오는 동안 조금씩 친분이 쌓였다. 그러는 사이 곧잘 따라 나오던 아내들과 자식들은 하나둘 자취를 감춰버렸고 이제는 정년이 가까워지는 남정네들만 외롭게 주말농장을 서성거리는 처지가 된 거였다. 일할 생각은 접어둔 채 가끔 말벌이 날아드는 허름한 원두막에 둘러앉아 술잔을 기울이며 서로 먼저, 더 적나라하게 각자의 아내를 헐뜯느라 바빴다.

"퇴근하고 일찍 집에 가도 놀아주질 않아요!"

박이 목소리를 높였다. 강이 고개를 끄덕이며 말을 이었다.

"나 참, 어린아이처럼 자꾸 쫓아다닌다고 화를 내더라고요!"

"어휴, 우리 마누란 밥상 차려주기 무섭게 옷 차려입고 나갑디다. 말 붙일 시간도 없어요."

장이 한숨을 쉬었다.

"아니, 우리가 지금까지 돈 벌어다 주느라 얼마나 개고생했습니까? 이제 좀 시간 나서 가정에 충실하려 하는데 다들 모른 척하는 겁니다. 자식들이야 취업 준비니 결혼 준비니 바쁜 거 이해가 가는데 와이프가 왜 덩달아 바쁩니까? 저번엔 뭐라 그런지 압니까? 일찍 들어오지 말고 차라리 예전에 하던 대로 술 마시고 밤늦게 들어오란 겁니다. 야, 이거 돌아버리겠더라고요. 아니, 우리가 그동안 직장 다니면서 술 마시고 싶어서 술 마셨습니까? 어쩔 수 없이 마시는 경우가 더 많았잖아요. 그렇게 일해서 간신히 여기까지 왔는데 믿었던 와이프마저 헌신짝 취급하니……."

열변을 토한 박의 입술 꼬리에 입에서 밀려 나온 침이 허옇게 붙어 있었지만 장과 강은 고개만 끄덕일 뿐 알려주지 않았다. 박은 마치 흘러간 세월을 회상하듯 주말농장 너머의 도시를 멍한 눈길로 바라보았다. 그 사이의 허공엔 잠자리와 하루살이 떼가 어지럽게 부유하고 있었다.

"뭐…… 슬슬 밀려나는 거죠."

얼굴이 벌겋게 변한 강이 담배를 꺼내 입에 물곤 박과 장의 눈치를 살폈다. 박과 장은 담배를 피우지 않았다. 눈치를 챈 박이 말했다.

"괜찮으니 피워요!"

"사실…… 그동안 남자들이 돈 번다는 핑계로 와이프한테 잘못한 것도 많지요. 박 형은 그런 거 없어요?"

장의 목소리가 원두막에 낮게 깔렸다.

"……잘못한 거라. 그거 기준이 좀 모호하지 않습니까?"

"단도직입적으로 말해서, 바람피운 적 있어요?"

"……있지요. 두 분은 없습니까?"

박은 두 사람의 표정을 살폈다. 혹시나 하는 마음으로. 나이 든 사내들끼리 원두막에 둘러앉아 이런 얘기를 한다는 게 신기하면서도 낯설었다. 그것도 주말농장을 드나들다 만난 사이치곤 좀 과한 얘기가 아닌가 싶은 생각도 들었다. 까놓고 말해 세 사람 모두 바람을 피웠다면 희박한 확률이겠지만 지금 마주앉은 상대방의 아내가 그 당사자일 수도 있기 때문이었다. 잠시 침묵을 지키는 두 사람의 대답을 박은 집요하게 기다렸는데 말을 꺼낸 장이 먼저 입을 열었다.

"……나이가 몇인데 그런 일이 없었겠어요."

"저는 와이프한테 들통나서 거의 이혼 직전까지 갔었습니다."

손가락으로 톡톡 털어 담뱃불을 끈 강이 한 걸음 더 나갔다. 박과 장은 사지에서 돌아온 강의 이야기를 들으며 가끔 고개를 끄덕였다. 심심하면 날아와 벌집을 드나드는 말벌들을 흘깃거리며.

"출출한데 짬뽕에 탕수육이나 시켜 먹을까요?"

원두막의 나무 기둥에 붙여놓은 전단지들을 훑어보던 박이 휴대폰을 열었다. 장은 걱정스러운 시선을 고추밭으로 보냈고 강은 반색했다.

"기왕이면 연태고량주도 한 병 시키죠."

"아, 저 고추 오늘 다 따야 하는데⋯⋯."

중국집에서 음식이 올 때까지 장과 강은 다시 밭으로 돌아갔다. 고추를 따고 고구마를 캐러 간 게 아니라 따 놓은 고추와 고구마를 미리 배낭에 담으려고. 배추 한 포기 자르지 않은 박은 원두막에 덜렁 드러누워 말벌이 드나드는 벌집만 멀뚱멀뚱 바라보았다. 생각해보니 아내와 잠자리를 같이 한 지도 꽤 오래되었다. 어떻게 좀 해보려고 하면 자다가도 눈을 벌떡 뜨곤 귀찮다며 돌아눕기 일쑤였다. 말을 건네봐도 소용없었다. 같이 누워 잠을 자긴 하지만 거의 남남이나 다름없었다. 각방을 쓰지 않는 것만 해도 그나마 다행인 줄 알라는 눈빛을 접하고 나면 이건 마치 구걸하는 기분마저 들었다.

박은 벌떡 일어나 앉아 붕붕거리며 산책로를 달려오는 중국집 오토바이를 쫓았다. 옛날 같았으면 여자들이 준비해서 머리에 이고 밭으로 가져와야 할 점심을 요즘은 식당이 대신해주고 있었다.

"이건 뭔가 뒤바뀐 거 같지 않습니까?"

"역전된 거죠."

강의 의혹 제기에 장이 정리를 했다. 이어 박이 끼어들었다.

"와이프들은 밖으로 싸돌아다니느라 바쁘고 남편들은 집구석에 처박혀 텔레비전 드라마나 보고 있으니…… 아, 저번엔 말입니다. 드라마를 보는데 나도 모르게 눈물이 나더라니까요!"

"나도 그런 적 있어요! 드라마 같은 건 보지도 않았는데 어느 날부터 눈이 가더라고요. 그래서 계속 보게되었는데 주인공이 너무 불쌍한 겁니다. 덕분에 와이프와 딸내미한테 엄청 놀림받았지요. 얼마나 창피하던지."

박과 강의 얘기를 듣는 내내 장은 웃음을 참느라 애를 쓰는 표정이 역력했다. 박과 강은 거의 동시에 물었다.

"그런 적 없습니까?"

"전…… 와이프나 애들 없을 때, 재방송 봅니다."

"예?"

가을 해가 원두막 지붕을 지나 서쪽으로 기울고 있었다. 마치 정년 퇴임을 앞둔 세 사람이 앉아 있는 위치쯤에서 가을 해도 아슬아슬하게 버팅기고 있는 것 같았다. 강은 술에 취해 코를 골며 잠들었고 장은 기어코 고추밭으로 건너갔다. 음식물 찌꺼기만 남은 짬뽕 그릇과 탕수육 쟁반으로 파리와 벌들이 날아들었다. 박은 원두막의 나무 기둥에 등을 기댄 채 휴대폰을 뒤적거렸다. 이젠 노안 때문에 돋보기 없인 자그마한 글자는 읽을 수도 없었다. 차라리 멀리 있는 게 보이지 않고 가까이 있는 게 보였으면 좋겠다는 생각이 수시로 들었다. 한때는 가까이 있는 건 무시해버리고 멀리 있는 것들을 좇느라 세월을 탕진했다. 그 세월을 건너오면서 그래도 깨달은 게 있다면, 멀리 있는 것은 아무리 달려가도 언제나 멀리 있어 잡을 수 없다는 것이었다. 한때는 잡을 수 있을 거라 고집했는데 그건 착각이었다. 할 수 없이 어느 저물녘 터덜터덜 집으로 돌아왔건만 반겨주는 이는 아무도 없었다. 자식들은 커버렸고 아내는 소 닭 보듯 했다.

"뭐해?"

"친구 만난다고 했잖아!"

전화를 받는 아내의 주변에서 여자들의 웃음이 피어났다. 박은 그 웃음 중에 남자의 웃음이 숨어 있나 귀를 기울였다.

"언제 들어올 거야?"

"몰라! 들어갈 때 되면 들어가겠지."

"저녁은?"

"밥 해놓았으니까 당신이 알아서 차려 먹어. 나 바쁘니까 그만 끊어."

"야, 남편 밥도 안 차려 주나!"

박의 손에서 날아간 빈 막걸리 병이 원두막 천장에 매달린 말벌 집을 때렸다. 기다렸다는 듯 말벌들이 벌 집에서 나와 붕붕거리며 날기 시작했다. 한두 마리가 아니었다. 허공이 노랗게 변했다. 놀란 박은 잠을 자고 있는 강을 깨울 생각도 못 하고 휴대폰을 움켜쥔 채 원두막에서 뛰어내렸다. 운동화도 신지 못하고서 원두막 밖으로 내달렸지만 귓전을 울리는 말벌 소리를 떨쳐내기엔 역부족이었다. 정수리 근처에 첫 방을 쏘이면서 박은 제 발에 걸려 장의 고추밭에 처박혔다.

"빨간 고추가…… 보입니까? 퍼런 거 따는 건 아니죠?"

"그냥 따는 겁니다!"

"젠장! 살다살다 주인 쏘는 말벌은 처음 봅니다."

"그러게 말입니다."

구급차가 말벌의 날갯짓 같은 경적을 울리며 달려오는 소리를 들으며 박은 서서히 정신을 잃었다. 멀리 있는 아내가 보고 싶었다.

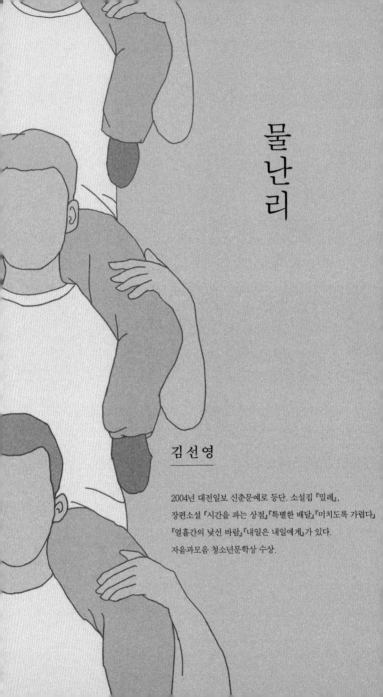

물
난
리

김 선 영

2004년 대전일보 신춘문예로 등단. 소설집 『밀레』.
장편소설 『시간을 파는 상점』『특별한 배달』『미치도록 가렵다』
『열흘간의 낯선 바람』『내일은 내일에게』가 있다.
자음과모음 청소년문학상 수상.

그녀는 모으는 걸 좋아했다. 처음엔 꽃 그림이 프린트된 면 손수건이었다. 돈도 크게 들지 않았고 수집한 것이 공간을 차지하지도 않았다. 촌스러울 정도로 알록달록한 꽃무늬 면 손수건을 한 장씩 사 모은 뒤, 차곡차곡 책상 위에 쌓아 놓고 바라보는 일은 뭔가 잘 정리된 듯한, 그리고 뭔가를 하면 저렇게 눈에 보이게 높이가 올라가고 부피가 늘어날 거란 생각이 들어서 좋았다. 그녀의 친구들도 여행이나 쇼핑을 하다가 특이한 문양의 손수건이 보이면 부담 없이 사다 주었다. 민무늬 하얀 도자기 접시 위에 쌓아 놓고 보는 일은 경건하기까지 했다.

그 다음엔 자수가 있는 손수건을 모았다. 프린트된 손수건보다는 좀 비쌌다. 손으로 한 땀 한 땀 수놓은

것을 구하려면 특정 지역을 가야만 한다. 주로 번화가
보다는 문화재로 지정된 주택가 골목의 작은 점포나
축제 공예 마당에서 구할 수 있다. 프린트된 손수건보
다 모으는 속도는 느리지만 재미의 밀도는 더 깊고 좋
았다.

수놓은 손수건을 구하다가 눈에 띄게 된 것이 베개
마구리이다. 화려하게 수를 놓아 전통 베개 양쪽을 막
던 마구리가 뜯겨 나와 골동품 시장에 돌아다녔다. 수
놓은 손수건보다 더 비싸고 구하기도 쉽지 않았다. 그
것 또한 민무늬 하얀 접시 위에 쌓아갔는데 어떤 거에
서는 퀴퀴한 냄새가 지독했다. 탈취제를 썼지만 시간
의 더께를 아주 없애지는 못했다.

마로니에꽃이 하얀 탑을 쌓듯 피워 올리던 어느 봄
날, 전화 한 통을 받았다. 베개 마구리 때문이다. 모 대
학교의 전통섬유 교수라는데 수집품 중에 구한말 조선
왕실에서 쓰던 마구리가 있을 거라고 다짜고짜 말하였
다. 그녀는 모르겠다고 하며 그냥 다 같은 마구리라고
했다. 교수는 비웃는 건지 가소롭다는 건지 모를 웃음
을 흘리며 구입처를 일일이 물었다.

  ─ 혹시 인사동 골동품점에서 구한 것도 있지 않나
요?

  ─ 네, 아마도요.

  ─ 베개 마구리를 수집할 정도면 수집에 대한 기록도

좀 남겨놓지 않았을까요?

 – 아니요, 그런 거 없어요. 그냥 예뻐서 모으는 것뿐이에요.

 – 아, 그래요? 수집한 것 좀 볼 수 있을까요?

 – 네, 뭐, 좋으실 대로요.

 교수와 만날 시간을 정했다.

 그녀는 수집벽이 있는 정도는 아니다. 병적인 집착을 한다거나 수집 물품을 모아 어쩌려는 마음도 없다. 그냥 바라보는 것으로 좋았다. 한 켜 한 켜 무늬가 다른 것들이 쌓이는 것을 보는 것, 그게 다였다. 교수의 다짜고짜 시비조로 뭐뭐 해야 하는 거 아닌가요? 화법은 그녀에게 아무런 영향을 주지 못했다.

 베개 마구리를 내놓자 교수의 얼굴은 벌과 나비, 꽃자수보다 더 화려하게 펴졌다. 마구리를 보기 전과 후의 얼굴이 달라 당황스러울 정도였다. 교수는 두 손을 모아 입을 가린 채 연신 감탄사를 늘어놓았다.

 – 어머 어머~ 세상에, 세상에 이렇게 예쁜 애기들을⋯⋯.

 애기들을, 할 때는 감격에 겨워 울먹이기까지 했다.

 교수는 마구리를 내놓는 그녀의 손을 덥석 잡았다.

 – 세상에 이렇게 고마운 손이 있나.

 – 혹시, 제가 수놓은 거라고 생각하는 건 아니죠?

– 호호호, 아무렴요. 이런 거에 관심 갖는 젊은 아가씨가 있다니.

교수는 마구리 중 왕실이나 사대부집에서 썼을 법한 것을 골라 나열하며 설명했다. 황금색 실이 들어간 용과 주작, 벌과 나비, 꽃 모양 속에 상징성이 있다는 거다. 그녀는 아, 하는 짧고 가는 신음 소리를 냈을 뿐 별다른 반응을 보이지 않았다.

그 주 일요일 오후, 교수의 집에 초대되어 저녁 식사를 하게 되었다. 지난번 첫 대면 때, 사대부집의 것과 왕실에서 썼을 법한 마구리를 교수에게 선뜻 내주었다.

– 전 교수님만큼 의미를 가지고 모은 건 아니니까요. 필요하신 분한테 가는 게 맞지요.

교수는 값을 지불하겠다고 했지만 값어치로 구입한 것이 아니니 개의치 말라고 극구 사양했다. 그러자 교수는 마구리를 처음 봤을 때의 표정보다 더 감동받은 눈빛으로 그녀의 손을 잡았다. 그녀는 저녁 식사 초대도 극구 사양했지만 교수는 자기를 그렇게 파렴치한으로 몰지 말라며 응해달라고 당부했다.

전망이 좋은 고급 주택가였다. 갖가지 수석과 분재 화분이 즐비한 정원을 지나 집 안으로 들어섰다. 정원보다 더 말쑥하게 차려입은 남자가 문을 열어주었다. 교수의 아들이었다.

정갈한 밥상이 하얀 면 보에 수놓인 자수 손수건처럼 차려져 있다. 그녀는 조용히 밥을 먹었다. 교수의 호들갑도 아들의 느긋한 눈길도 그다지 그녀를 동하게 만들진 않았다.

그녀는 교수 아들과 결혼했다. 치과 전공의인 아들이 그녀에게 끌린 이유는 딱 하나였다. 이제껏 만나던 여자들과는 다르다는 것. 그를 보고도 그녀는 심드렁한 표정이었으며 그다지 관심 없다는 식으로 일관되게 저녁 식사를 마쳤다. 교수의 성화로 번호를 주고받았지만 그녀에게서 전화가 오지 않았다. 그의 전공과 집안을 보고 줄을 대는 마담뚜와 따르는 여자들이 많았지만 그녀와 같은 태도는 처음이었다. 처음엔 '어라, 이것 봐라.' 하는 마음이었는데 보면 볼수록 캐고 싶은 구석이 많은 여자였다.

그녀는 결혼 후에도 수집하는 걸 쉬지 않았다. 부피가 좀 되는 것들이 눈에 들어오기 시작했다. 그렇다고 해서 그다지 값나가는 것들은 아니다. 그녀의 남편도 시어머니인 교수도 그녀의 수집품에 그다지 신경 쓰지 않았다. 생활에 불편을 끼치거나 수집하는 것으로 주위 사람들을 신경 쓰게 하는 일은 없었다. 누누이 얘기하지만 그녀는 수집벽이 있는 사람은 아니다. 그녀에게 수집품이란, 똑같은 일상에 무늬가 다른 점을 찍고 가는 정도라면 맞을 것이다.

아들 둘을 연년생으로 낳았다. 수집품 정리하는 것처럼 정연하고 반듯하게 키웠다.

조선 말 백자인 해주자기를 모으기 시작했고, 뒤이어 각 지방마다 특색이 있는 개다리소반을 모았다. 그녀의 시어머니는 가끔씩 지원을 요청했다. 개다리소반이나 도자기 등 전시에 필요한 소품을 가져다 쓰곤 했는데 잘 어울릴 만한 걸 권했고 그녀의 안목은 전시 때마다 빛났다. 전시가 끝나도 수집품을 회수하려고 한다거나 수집품이 어찌될까 봐 애면글면하지 않았다. 그런 그녀를 교수는 또 높이 샀다. 바다와 같은 넓은 아량이 있는 아이라고. 사람 보는 눈은 내가 정확했다고 아주 흡족한 눈으로 며느리를 바라보았다.

수집품을 보관하기에는 공간의 한계가 왔다. 그녀는 집을 샀다. 야트막한 언덕의 시골집을 개조했다. 그곳에 수집품을 모아 정리했다. 작은 다락방에는 개다리소반을 올리고 구석구석에 도자기장을 만들어 해주자기를 진열했다. 모퉁이마다 조각보와 각종 손수건, 베개 마구리를 정갈하게 쌓았다. 한눈에 봐도 시간의 더께가 켜켜이 쌓인 수집품이었다. 가끔 그 방에 누워 지붕창을 통해 밤하늘의 별을 헤아리곤 했다. 그녀의 방 안에는 밤하늘의 별보다 더 많은 수집품이 있다. 헤아릴 수도 없었고 굳이 헤아리려고도 하지 않았다. 눈이 가는 순간 기쁨을 만끽했고, 정갈하게 개키듯 정리하

김
선
영

여 보는 재미, 그게 다였다.

수집품의 공통점은 시간의 과도기를 넘는 민가의 생활용품이었다. 새로운 물건이 하루하루가 다르게 생산되는 시대에 예전 것들은 빠른 속도로 사라졌다. 어떻게 보면 그녀는 시간을 붙잡고 싶었는지도 모른다. 화로나 요강, 주물 난로도 수집했고 고가구인 화초장 같은 것도 사들였다. 점점 늘어나는 수집품을 쌓아 놓기에는 언덕 위의 집도 비좁았다.

그녀는 좀 더 큰 집을 짓기로 했다. 땅을 보러 다니기 시작했다. 넓은 강이 있어 앞이 탁 트이면 좋겠고 지나다니는 사람들의 눈길이 자연스럽게 닿을 수 있는 곳, 베개 마구리에서 가끔 볼 수 있는 풍경 같은 곳이라면 더없이 좋겠다는 생각을 했다.

그곳은 물길이 바다에 닿지 않아 강이라는 이름을 얻지 못했다. 금강으로 흘러드는 지류이기 때문에 하천의 이름을 도원천이라 했다. 넓은 도원천이 휘돌아 나가고 뒤에는 병풍 같은 산이 펼쳐진 땅이 눈에 들어왔다. 물길을 따라 휘어진 도로를 달리다 보면 자연스럽게 사람들의 시선이 닿았으며 널따란 하천 넘어 펼쳐진 들판이 시원하게 트인 곳이었다.

그곳의 지명은 무릉리였다. 무릉도원이라…….

그녀는 터를 고르고 집을 지었다. 오랫동안 공을 들였다. 아기를 품어 배 속에서 길러내듯 무릉도원을 향한 발걸음은 잦았다. 봄이 막 시작될 무렵, 도원천에는 담채화 같은 풍경이 펼쳐졌다. 시간이 지날수록 색이 덧입혀지자 몽환적일 정도였다. 수양버들은 연둣빛 머리칼을 늘어트린 채 하늘거리고 산복숭아꽃은 어찌나 붉던지, 이곳의 지명이 왜 무릉과 도원인지 알 것 같았다. 고가구 생활용품이 자연스럽게 집 안에 스며들고, 사람도 그 안에 머무를 때 흘러들어 오는 물길을 바라볼 수 있고, 저 멀리 먹물이 번지는 것 같은 산빛이 이내에 싸여 흔들리고, 뒤에는 집을 품어주는 든든한 산이 있는 곳이었다.

반면 그녀의 남편은 조금씩 불평을 늘어놓기 시작했다. 그녀가 무릉도원에 머무는 시간이 길어질수록 불평의 강도가 높아갔다. 하루 종일 구린내 나는 환자들의 입안을 들여다보며 보낸 시간들이 허접한 물건들로 대체되는 것을 보자 좀 억울한 생각이 들던 차였다.

수집품을 옮기고 배치하며 여름을 맞이했다. 도원천은 푸르러지고 무릉리의 산빛은 더욱 짙어졌다. 지나는 사람들의 시선을 끌었고, 마치 카페 같기도 갤러리 같기도 한 건물의 세련됨에 이끌려 들어왔다가 그녀의 수집품을 보고 혀를 내둘렀다. 그녀의 얼굴에는 부듯함이 고였다.

갤러리 지하에는 해주자기로 빼곡하게 벽을 둘러 장

식을 하였다. 하얀 목화송이가 벌어진 것처럼 화사한 방이 되었다.

1층 벽에는 종잇장처럼 얇은 접시를 켜켜이 쌓았다. 접시가 몇 개 되는지 그녀는 모른다. 셀 수 없을 만큼 이라는 말이 맞을 것이다. 1층 복도의 선반에 켜켜이 쌓아 그곳을 가득 채우고도 남을 만큼의 양이었다.

2층에는 지방별 특색이 묻어나는 개다리소반을 진열하였다. 마치 이 집을 지키는 수문장 같은 개다리가 까맣게 도열해 있는 것처럼 보였다.

고가구도 안방마님처럼 한자리씩 차지하며 공간의 허한 곳을 눌러주었다. 고가구 위에는 면 보자기를 씌우듯 손수건을 정갈히 개켜 쌓아놓았으며 수십 장의 베개 마구리도 가지런하게 올려놓았다.

그녀는 집 안을 거닐며 자신이 모은 수집품마다 말을 걸었다. 포도 문양이 탐스럽게 그려진 해주자기를 봤을 때의 풍만함을 즐겼고 우아한 개다리소반을 보며 감탄을 자아냈고, 잘 빠진 충주소반과 점잖은 나주소반을 구할 때를 떠올리며 그들 각각의 사연에 눈을 맞추었다.

손때 묻은 고가구를 만지면 마치 시간 속에 겹쳐진 사연이 고스란히 전이되는 듯한 느낌을 받곤 했다. 그녀는 그냥 그런 느낌이 좋았다. 논리적으로 설명할 수 없는 어떤 것. 누군가 뭘 위해서 그렇게 모으냐고 물으면 '그냥'이라고 답할 수밖에 없다. 굳이 온갖 것을 가져다가 포장하거나 의미화하고 싶지 않았다. 그냥도 이유라면 이유이지 않을까 싶었다.

무릉도원의 수집품을 둘러보는 날이 길어지자 어렴풋하게나마 달라진 것이 있다는 걸 알게 되었다. 그녀 안의 구멍이었다. 가슴이 꽉 차올라 비로소 구멍이 채워지는 듯한 느낌이라고 해야 할까.

사람들은 갤러리 주변의 풍경에 압도당하고 그 안의 수집품을 보며 감탄사를 연발했다. 몇 번 잡지사에서 찾아와 수집품과 무릉도원의 모습을 담아 가기도 했다.

집을 짓는 내내 날이 좋아서 공사 기간이 짧아진 반면, 갤러리 앞 물길은 실뱀처럼 가늘어졌다. 하천 바닥이 드러날 정도로 봄 가뭄이 심했다.

칠월 중순, 때 이른 장맛비가 내렸다. 한번 퍼붓기 시작하면 엄청난 양이었다. 도원천은 이 근방 계곡물의 합수부이다. 그러니까 물이 수집되는 지점이다. 골골이 쏟아져 내린 비가 도원천으로 모아져 금강으로 향한다. 장맛비는 한꺼번에 쏟아져 내리다 얼마간 소강상태를 보이며 멈추기를 반복하며 내렸다.

그녀는 남편의 불평이 불편하여 수집품 정리가 끝난 후로는 무릉도원에 오래 머물지 않았다. 무릉도원의 비 소식을 들은 건 텔레비전 뉴스에서였다. 하천 곳곳이 범람할 정도의 기습 폭우가 쏟아지는 곳이 많았다. 인근 계곡의 합수부인 도원천이 범람하는 건 시간 문제였다. 흙탕물이 꿀렁이는 모습은 하천이 아니라 강물이었다. 그녀는 급히 차를 몰아 무릉도원으로 향했지만 산사태로 통제되어 들어갈 수 없었다.

도원천의 물이 차오르자 갤러리 지하부터 물에 잠겼다. 비가 더욱 거세지자 합수머리인 도원천은 범람했다. 물길이 휘도는 지점에 있는 갤러리는 순식간에 거센 물살이 치고 나갔다. 물살 앞에 수집품은 종잇장보다 더 가벼웠다.

물이 빠진 뒤 갤러리에는 진흙과 썩은 나뭇가지와 스티로폼 부스러기와 페트병과 폐비닐이 그득했다.

손수건 한 장 남지 않았다.

지하로 내려서자 바닥에는 깨진 해주자기와 접시 조각이 눈처럼 소복했다. 그녀는 눈밭을 밟듯 발을 조심스레 내디뎠다. 와자작 알사탕 깨지는 소리가 났다.

가슴이 갈피갈피 찢어지는 것처럼 아팠지만 한편으로는 후련하면서도 개운했다. 근심 거리가 사라진 홀가분함 같은 것들이다.

구멍은 처음보다 훨씬 커졌지만 그곳으로 드나드는 것들이 거침없어 조금은 가벼워진 것도 같았다.

처음 겪는 물난리였다.

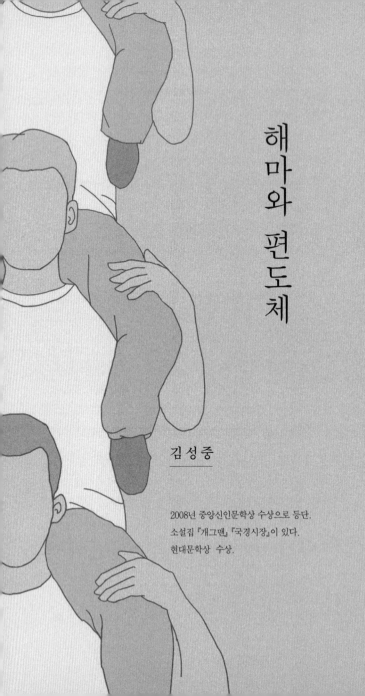

해마와 편도체

김성중

2008년 중앙신인문학상 수상으로 등단.
소설집 『개그맨』 『국경시장』이 있다.
현대문학상 수상.

그는 편도체였고 나는 해마였다. 열일곱 때의 일이다.

지금은 서른두 살. 작은 가게를 운영하고 있다. 그와 함께한 시간은 내 머릿속 깊숙이—그러니까 좌우뇌 반구에 하나씩 들어 있다는 편도체 어딘가에 남아 지금의 나를 만들었다. "편도체에서는 무슨 일이 일어나기도 전에 자동으로 반응하게 만드는 감정과 행동의 연결선이 있단다." 그가 말했다. 나는 물풀을 감고 꼿꼿이 서 있는 해마처럼 이 말을 열심히 듣고 있었다. 오늘처럼 비가 내리고 오전 내내 손님이라고는 코빼기도 비치지 않는 날이면 내 인생에서 가장 나이 차이가 많이 났던 친구의 모습이 떠오른다.

우리는 네 번째 만남에서부터 대화다운 대화를 나눴

다. 두 번은 우연, 세 번째는 내가 그의 돈을 뺏었고 그 다음엔 돈을 돌려줬다. 늘 가던 놀이터에서 나는 충동적으로 잭나이프를 꺼내 노인에게 내밀었다. 돈 내놔.

"여기."

그는 지갑에서 삼만 원을 꺼냈다. 그게 다였다. 신분증조차 들어 있지 않은 지갑은 푸른 지폐 삼만 원 외에 아무것도 없었다. 나는 묵묵히 그 돈을 받았다. 상대방의 표정이 이상했다. 뭔가 환해지더니 이내 실망의 기색이 역력한 것이다.

"화나지 않니? 너무 적은데."

뭐래, 그제야 노인과 눈동자를 마주쳤다. 노인은 갈망의 눈으로 나를 쳐다보고 있었다. 노인이 바라는 게 뭔지 알 것 같았다. 내가 칼을 사용해 자기를 해치기를 원하는 것이다. 더럭 겁이 났다. 칼 든 십 대를 무서워하지 않는 그가 무서웠다.

그날 밤, 고시원의 좁은 침대를 뒤척이다 아무래도 찜찜한 이 돈을 돌려주어야겠다고 결심했다. 노인은 내 얼굴을 알고 있는 것이다. 그러니까 태연했을 테지. 이제 막 시작된 자유에 불똥이 튀는 것은 원치 않았다.

다음 날 놀이터로 갔더니 여전히 노인이 같은 자리에 앉아 있었다. 베레모에 베이지색 점퍼, 스웨이드 로퍼에 눈이 갔다. 입성을 보면 부티가 난다. 맞아. 돈이 좀 있어 보였지, 라고 생각하면서 삼만 원을 내밀었고 노인은 또 아무렇지 않게 받아 지갑에 넣었다.

"밥은?"

안 먹었죠, 라고 대답할 뻔했다.

결과적으로는 대답한 것이나 다름없다. 노인의 뒤를 따라갔으니까. 정신을 차려 보니 지하 아케이드의 만오천 원짜리 생선 백반을 앞에 두고 있었다.

기가 막히게 맛있는 밥이었다. 알고 보니 노인은 광화문 일대의 맛집을 귀신같이 꿰고 있었다. 세종문화회관 일대의 온갖 빌딩들, 지하에 식당을 품고 있는 고층 빌딩들, 그중에서 어디가 장맛이 좋고 어느 주방장의 고향이 이북인지 등등 그는 모르는 게 없었다. 노인은 오십 대 중반까지 이 건물 중 한 층에서 일했다고 한다. 사원에서 출발해 중역까지 올라간 입지적인 사람이었다. 한마디로 괴물이라며 허허 웃었다.

나도 뭔가를 얘기하고 싶었다. 돈을 뺏은 이유를 묻지도 따지지도 않고 밥을 사 줘서 고맙다고 하고 싶었다. 그러나 나는 빌어먹을 내 아버지의 아들이다. 때려죽여도 고맙다는 말을 할 줄 모른다. 아버지가 그랬다. 상을 받아 와도 고개만 끄덕, 용돈을 모아 값나가는 운동화를 선물해도 고개만 끄덕, 당최 고맙다는 말을 할 줄 모른다.

"에릭 해리스와 딜런 클리볼드는 제 우상이에요."

나는 생수를 들이키며 되도록 껄렁하게 말한다. 콜롬

바인 총기 난사의 두 범인이 솔직히 말하자면 부러웠다. 다니던 학교의 학생들에게 마구 총질을 가하고 산화한다 – 이건 절망에 빠진 십 대라면 누구나 꿈꾸는 판타지 아닌가. 인터넷에는 이 두 사람에게 헌정하는 페이지가 넘쳐난다. 하지만 나는 그럴 수 없다. 큰일을 도모할 수 없다.

딜런에겐 에릭이 있었다. 에릭에게는 딜런이 있었다. 그들은 둘로 된 한 쌍이었고 그래서 그런 업적을 이룰 수 있던 것이다. 십 대 강력범이란 대개 이런 식이다. 둘로 된 한 쌍. 그 강력한 유대감이 공상을 키워나가고 꼭 필요한 배짱을 부여한다. 나는 최대한 말썽을 부렸지만 소심한 엄마의 피를 물려받아 용기가 부족하다. 내게는 방아쇠를 당겨줄 행동가형 파트너가 필요하다. 범죄마저 친구가 필요하다니…… 빌어먹을.

이런 설명을 죽 늘어놓자

"나는 친구 없다."

뚱하니 이런 대답이 돌아온다. 정말 중역까지 올라간 사람이 맞는 걸까? 해마니 편도체니 안와전두피질이니 어려운 말을 섞어서 말하긴 하는데 뭐랄까, 단답형만 입력된 로봇 같다.

"나는 '책상 분노'야."

"뭐라고요?"

"저건 '도로 분노'고."

그는 깜박이도 켜지 않은 채 차선을 바꿔 질주하는 아우디를 쳐다보며 자기 생각에 골똘해졌다. 이런 상황에서 내 기품을 지킬 방법은 하나뿐이다. 침묵을 지키는 것. 그와 같은 수준에서 대화를 나누고 싶으니까.

"떨어지는 생산성, 수면 장애, 만성 위염, 잦은 결근, 마모된 어금니…… 치과에 갔더니 하도 이를 악물어서 잇몸이 내려앉았다고 하더군"

편도체가 느닷없이 입을 크게 벌려 어금니를 보여준다. 잘 모르겠다. 저게 마모된 건가? 그의 입에서는 한약 냄새가 났다. 공진단인가 뭔가, 그런 걸 먹는 중이라고 했다. 한 알에 사십만 원짜리라니, 한 알이 고시원 한 달 방값이다.

"저는 '거리 산책자'예요."

결국 못 참고 멋을 부려 말해버렸다. 거리 산책자. 오늘 배운 말이다. 나는 학교에 다니지 않지만 스스로 '오전 학교'라고 부른 교보문고에서 일정 시간 책을 읽고 길을 나선다. 오늘은 발터 벤야민의 『보들레르의 작품에 나타난 제2제정기의 파리』라는 책을 읽었다. 무슨 말인지 알 수 없지만 아름다운 책이었다. 문장에 혀를 대는 심정으로 글자를 훑다가 '거리 산책자'라는 말만 머릿속에 오려두었다. '외로운 늑대'니 뭐니 하는 말보다 훨씬 근사할 뿐더러, 정확하기도 하다.

나는 간헐적이고 비이성적으로 폭발하는 증오 때문

에 무수한 문제를 일으켰고 마침내 영원히 학교를 등졌다. 당연히 부모는 펄펄 뛰었지만 이내 원래의 모습, 즉 무관심한 방치로 돌아섰다. 전과 다른 점이 있다면 육 개월치 고시원 비용을 손에 들려준 것이다. 검정고시 졸업장을 가져오기 전까지 집에 들어올 생각을 말라는 엄포와 함께. 이 돈은 '분리 비용'이었다. 부모형제에게 달라붙은 골칫덩이를 제거하는 비용. 미성년자만 아니라면 공중에 촥촥 뿌려주고 나오는 건데 그럴 수 없었다.

막상 목돈이 생기자 말썽을 부리고 싶은 마음이 시들해졌다. 나는 어릴 때 살던 효자동 근처를 서성거렸다. 돈이 있고 시간이 있으니 공공의 길이 아늑하게 느껴졌다. 광화문에서 이순신 동상을 보며 십육 차선으로 펼쳐진 길을 건널 때마다 저절로 등과 어깨가 쫙 펴졌다. 해마는 자유롭다. 학교도 집도 없고 오직 자유밖에 없다. 교보에 가서 이해하지 못할 책을 고르고, 소나무로 만들었다는 '100인의 테이블'에 앉는다. 꾸벅꾸벅 졸면서 염색한 빨간 머리를 테이블 위에 올려놓는다. 사람들은 책과 스마트폰을 볼 뿐 관심이 없다.

잠이 깨면 밖으로 나온다. 역사박물관 옆 골목으로 들어가 커피스트와 성곡미술관을 지나 광화문 풍림아파트를 지나간다. 사직단까지 가서 세검정으로 넘어간다. 다리가 아프면 길바닥에도 앉는다. 넘쳐나는 자유 때문에 해마는 울고 싶다. 무엇을 원하는지 모른 채로 간절히 기다리는 마음이 된다.

"……뱀을 기르고 싶어요. 얼린 토끼나 햄스터를 해동해서 먹이로 주는 거예요. 뱀이 부드럽게 다가와서 통째로 삼키겠죠. 그리고 소화하겠죠. 아름다울 거예요. 죽기 전에 뱀을 한번 가져볼 수 있다면! 뱀의 피부는 시원하다고 하는데, 제 이마를 한번 대보고 싶어요. 그러면 빌어먹을 '골무'도 좀 식을 것 같아요."

우리 사이에는 은어가 많다. 골무는 코뼈에서 6cm 정도 안으로 들어간 슬하전두엽피질을 말한다. 크기가 골무 정도라고 편도체가 말해줬다. 골무가 잘 움직이지 않으면 장기간 우울증에 걸린다고 했다.

편도체의 골무는 십 년 넘게 움직이지 않았다.

나란히 보이는 늘씬한 이 빌딩 중 한 층에 그의 책상이 있었다. 그의 분노가 있다. 끊임없이 스스로를 조절하고 원초적 적대감에 대응하며 어금니를 마모시키는 고위 간부의 분노. 하지만 그는 간부 아닌가. 중역 아닌가. 가진 게 많았으니 소화불량에 걸린 거다. 애당초 잃을 게 없는 나와는 다르다.

물론 편도체도 온전할 리 없지만.

"항상 자살하고 싶단다. 아내가 집을 나간 다음부터 죽을 방법만 연구했지. 그런 상상을 하다 보면 집에 있는 물건이 모두 나를 죽이는 도구로 변해버린단다. 아내가 남기고 간 고급 접시를 식탁 위에 주르륵 꺼내놓고 내 피를 받는 상상을 해본다. 밥그릇, 국그릇, 파스타용 오목한 그릇까지 그득그득 피를 담는 거지. 칼이나 가위나 망치는 보기만 해도 저릿하고, 옷걸이는 교수대로 보이고, 가스 밸브만 봐도 벌벌 떨린다.

그러고 나면…… 진정이 돼. 참 이상한 일이지. 그것들이 날 죽이는 상상을 하면 기분이 나아진단 말이야. 그리고 눈앞의 일에 열중할 수 있게 돼. 나는 곧 죽을 예정이기 때문에 당장의 스트레스쯤 별것 아닌 것처럼 여겨져. 내 성난 편도체에 내 피가 담긴 상상의 접시를 올려놓고 눌러온 형국이랄까. 김이 모락모락 나는 피나 심장을 떠올리면 이상하게 차분해진다. 이보다 나은 항우울제를 아직 찾지 못했어.

"그러다 큰일 나요."

"네 말이 맞다. 이제 환상의 유통기한은 다 되었어. 환상을 당겨썼으니 대가를 치러야 할 것 같다."

"대가가 뭔데요?"

"나를 죽여다오."

큰 소리로 웃어버렸다.

"아니면 도와다오. 나는 무력해서 할 수가 없다. 솔직히 말하자면, 아침에 일어나 욕실에 씻으러 가는 것조차 힘들단다. 씻기만 하면 어떻게 하루가 흘러가는데 욕실까지 가는 게 죽기보다 힘들어. 나는 지쳤단다. 이제 쉬고 싶다."

"자유롭고 싶어요?"

"자유는 없다. 모든 것은 결정되어 있지. 너만 해도 가족과 학교의 구속에서 밀려나왔을 뿐이다. 밀려나온 것을 자유라고 불러서는 안 되지. 자유 또한 환상에 불과해."

"그럼 내가 시키는 대로 해볼래요?"

그해 겨울, 우리는 스무 개의 쓰레기통에 불을 질렀다. 서울, 안양, 부천, 의정부, 그러다 목포, 통영, 여수, 제주도까지 갔다. 제주도에서는 쓰레기를 태워서 버리는 사람이 많았기 때문에 우리의 방화는 불법도 아니었다. 불을 지르는 우리에게 와서 귤을 주는 사람도 있었다.

첫 번째 쓰레기통을 태웠을 때 경비가 쫓아왔다. 편도체가 "내 손주 놈이라오. 녀석이 담배꽁초를 여기에다 그만…… 단단히 일러두겠소"라며 봉투를 건넸다. 조금 그슬리다 만 철체 쓰레기통을 본 경비는 입주민인 그에게 길게 잔소리하지 않았다.

불은 작아도 불이었다. 작은 불이라 해도 눈에 띄고, 위험하고, 우리를 사로잡았다. 우리는 야외에서 뭔가를 태우는 일에 중독되었다. 그러나 둘 다 본질적으로 겁쟁이여서 크게 일을 벌이지 못했다. 활동가형 조력자를 원했지만 내 친구는 환갑이 넘지 않았나.

우리는 성냥팔이 소녀보다 약간 더 크게 불을 피웠을 뿐이다. 불을 볼 때마다 환상을 본다는 점에서 똑같았다.

편도체는 나에게 버버리 목도리를 주었다. 겨울에도 목을 훤히 내놓고 다니는 나에게 자신의 것을 풀어 감아준 것이다. 사실상 그가 내게 준 거라고는 이 목도리 밖에 없다. 이 정도는 친구 사이에서도 받을 수 있는 선물이라고 생각한다.

"증오, 노여움, 두려움, 사랑, 즐거움…… 그 모든 것이 포도 한 알만 한 편도체가 분석한다니 참 흥미롭지. 내 머릿속에서 그 포도를 빼낼 수 있다면 남은 시간을 무탈하게 보낼 텐데."

"이것도 재밌잖아요."

함께 담배를 나눠 피우며 우리는 배화교도처럼 웃었다. 불꽃놀이를 하는 사람들이 해변에서 시끄럽게 환호성을 질렀다.

마지막 방화에서 나는 검정고시 문제집을 태웠다. 편도체는 〈무기〉라고 부르는 서류들을 태웠다. 나의 해마와 편도체의 '포도'는 동시에 춤을 추고 있었다.

"연락하지 마라."

"물론이죠."

김
성
중

거식증에서 빠져나온 환자들처럼 우리는 서로를 돌아보지 않고 헤어졌다. 나는 아직도 그의 이름조차 모른다.

그해 겨울 이후 내 증오는 이빨이 빠져버렸다. 정당하게 화를 낼 수 있는 기회는 여전히 놓치지 않는 어른으로 컸지만 상가에서 나의 평판은 나쁘지 않다. 고시원의 여섯 배쯤 되는 투룸에서 벽을 채운 책들에 둘러싸여 그럭저럭 살아가는 내 모습을 열일곱의 내가 알았다면, 좀 더 말랑말랑한 편도체를 가질 수 있었을까?

관자놀이를 지그시 누르며 나는 손님을 기다린다.

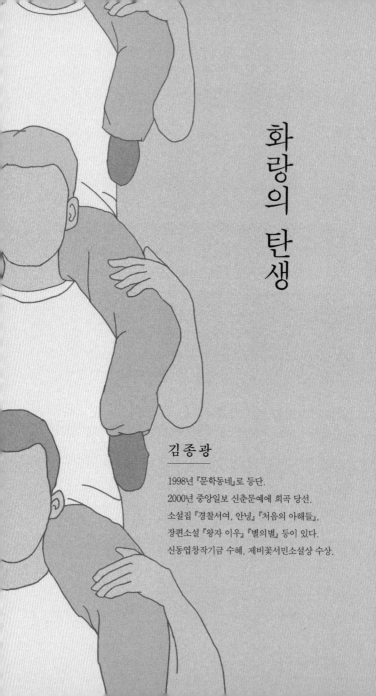

화랑의 탄생

김종광

1998년 『문학동네』로 등단.
2000년 중앙일보 신춘문예에 희곡 당선.
소설집 『경찰서여, 안녕』 『처음의 아해들』,
장편소설 『왕자 이우』 『별의별』 등이 있다.
신동엽창작기금 수혜, 제비꽃서민소설상 수상.

  사다함斯多含의 영웅적 승리 이후에, '화랑도'를 제도화하자는 주장이 거세게 일었다. 진골·귀족 관료는 갑론을박했다.

  "소년은 나라의 미래다. 바로 화랑 같은 게 필요했다. 화랑의 힘을 보지 않았는가? 화랑을 나라의 인재 양성소로 삼아야 한다."

  "어린애들을 전쟁터로 내몰자는 것인가? 인재 양성소? 말이야 그럴듯하지만 유사시에 전쟁터로 내몰겠다는 것 아닌가?"

  "사다함의 전쟁은 또한 보여주었다. 소년 무리가 얼마나 위험할 수 있는지. 사다함 같은 영걸이 있어 대가야 함락이라는 대 전과를 이루었다. 허나 불충한 자가 화랑의 우두머리가 된다고 해보자. 반역의 무리로 돌변

할 수 있다. 화랑을 나라법으로 제한하고 통제해야 한다."

"나라 살림을 거덜 내고 싶은 것인가? 있는 집 자식들이 알아서 노는 것을 나라가 왜 돕는단 말인가? 그럴 돈 있으면 하루 한 끼니도 못 먹는 평민 소년을 돕자. 우리에게 장수가 될 화랑도 소중하지만, 군사가 될 평민도 소중하다."

"다 떠나서 자발적인 소년 단체를 나라가 관리하려는 발상부터가 잘못된 것이다. 소년에게 자유를 빼앗자는 말인가?"

당사자인 화랑도 의견이 엇갈렸다. 나라의 공식 조직이 되어 활약하는 게 옳다, 지금까지 해왔던 대로 자발적으로 놀아야 한다.

여러 전쟁으로 나라가 강력해진 만큼 여러 전쟁에서 크게 희생하고 얻은 진골과 귀족의 힘도 강력해졌다. 왕의 말 한마디로 되는 일이 없었다. 왕은 화랑을 제도화하고 싶었다. 가능하다면 왕 직속 호위 부대로 삼고 싶었다. 사다함 같은 화랑정신으로 무장한 소년들이 궁궐을 지켜준다면 아무것도 무서울 것이 없을 듯했다. 진골과 귀족들도 그것을 알고 있었다. 왕의 지지자들은 화랑을 제도화하여 왕에게 힘을 실어주고 싶었고, 왕의 반대자들은 왕에게 득 될 일을 하고 싶지 않았다.

부유한 평민은 웬만한 귀족보다 풍족해졌다. 몰락한

진골보다도 부귀하게 살았다. 허나 그놈의 신분제도 때문에, 평민의 자제는 부유하든 빈한하든 화랑에 낄 수가 없었다. 진골·귀족 눈에 평민은 동등할 수 없는 아랫것, 짐승이나 다름없었다.

진골·귀족 관료들에게 왕은 '평민 화랑 동아리'를 제의했다.

"진골·귀족 소년의 자발적인 화랑은 두고 봅시다. 허나 나라가 확장되어 갈수록 평민 소년의 역할이 필요하오. 우리가 점령한 고구려 땅에 백제 땅에 언제까지 진골·귀족만 파견할 수 있겠소. 평민을 키워 대비해야 하오. 하여 짐은 평민 소년을 화랑과 같은 조직으로 묶고 싶소. 유망한 소년들끼리 서로 어울리게 하면 각각 장단점을 드러낼 것이오. 실력과 성품을 드러낼 것이오. 그들의 행동거지를 살펴 적절한 분야에 적절하게 뽑아서 쓰면 나라에 큰 도움이 되지 않겠소?"

왕이 적극적으로 국가 제도적인 평민 화랑을 추진하자, 진골·귀족들은 딴지를 걸었다. 어쨌거나 왕의 의지가 실린 조직은 왕을 위해 복무할 것이었다. 아무리 평민 소년이라도 뭉치며 강력해질 수 있을 테다. 사내들은 사내를 두려워한다. 진골·귀족 관료는 평민 소년 중에 사다함 같은 자가 나타날까 봐 찜찜했다.

왕은 여색에 빠졌다. 세계 모든 나라의 왕들이 대개 그랬듯이 여자와 정을 통하는 일에 말년을 바쳤다. 왕은 지쳤다. 일곱 살에 등극해 삼십육 년간 왕좌에 있었다. 거의 모든 의욕을 잃은 그는 여인에게만 의욕을 보였다. 그렇지만 후계가 걱정되지 않을 수 없었다. 귀족의 힘은 비등해지고 태자는 믿음직스럽지 못했다. 왕녀들의 힘도 막강했다. 왕녀와 귀족으로부터 태자를 보호해주면서 오로지 태자에게 충성하는 평민 소년단, 그것이 왕이 원하는 바였다. 힘을 가진 자는 언제나 위험하다. 그것이 나이 어린 소년일지라도. 평민 소년을 화랑처럼 묶으면서도 사다함 같은 영걸이 등장하지 않도록하는 방법이 없을까?

태자의 여인이 평민 소년단의 우두머리가 되면 된다! 여자를 중간에 넣는 것이다. 물론 그 여자는 진골·귀족 처녀여서는 안 된다.

왕은 결행하여 '원화'제도를 만들었다. 평민 중에 귀족 못지않은 부를 자랑하는 유력 가문의 딸 중에서, 두 처녀를 '원화'로 뽑았다. 태자에게 선발 책임을 맡겼다. 태자가 뽑은 두 원화는 남모와 준정이었다. 태자의 간택 기준은 오로지 미모였다. 나중에 자신의 부인으로 거둘 처녀들이니 얼굴과 몸매만 보고 뽑은 것이다.

평민 소년들에게 널리 알렸다. 원화랑은 평민 화랑도를 일컬음이다. 나라의 미래를 위해 깊이 공부하고 넓게 수련할 소년들은 모두 모여라. 삼사백의 평민 소년이 결집했다.

태자가 사랑하는 두 여인을 우두머리로 하는 '원화랑'이 출범했다. 나라에서 원화랑의 운영과 활동에 필요한 경비를 대주었다. 원화랑은 진골·귀족 화랑과 똑같이 행동했다. 명승지를 찾아다니며 공부하고 수련했다.

기존의 진골·귀족 화랑은 원화랑을 가소롭게 생각했다. 평민 것들이 시건방지게 우리랑 맞먹으려 드네. 날고뛰어 봐야 평민인 것들이 계집애 뒤꽁무니나 쫓아다니면서 감히 화랑을 찾아? 개나 소나 화랑이냐고? 그러면서 자신들의 원화랑 것들과는 차원이 다른 화랑이라는 의미에서 '선화'를 자칭했다. 너희 같은 게 화랑이라면 우리는 신선 같은 화랑이라는 오만이 담겼을까? 유교, 불교 등과 다른 선교를 숭상하는 화랑이라는 심오함이었을까?

어쨌든 신라 사람들은 화랑 대신 선화와 원화의 개념을 갖게 되었다. 진골·귀족 소년 무리는 선화랑. 두 미녀를 따라다니는 평민 소년 무리는 원화랑.

평민 소년단의 두 우두머리 처녀는 성격과 취향이 판이했다.

남모는 조신하고 공부를 좋아했다. 무리를 이끌고 돌아다니기보다는 한자리에 머물러 토론하기를 즐겼다. 자기 의견을 주장하기보다는 낭도의 합의된 의견에 따랐다. 낭도들 위에 군림하는 여자가 되기보다는 낭도들을 돕는 여자가 되고자 했다.

준정은 활달하고 무예를 좋아했다. 한자리에 가만히 있는 것을 좋아하지 않았다. 무리를 이끌고 종횡무진으로 돌아다녔다. 자신의 의견이 곧 모두의 의견이라고 생각했다. 자신의 말이 곧 조직의 법이라고 생각했다. 낭도들을 부하들로 여겼다. 비록 여자의 몸이었지만 사다함 같은 영걸이 될 수 있다고 자신했다.

태자는 어떻게 그처럼 상반된 두 처녀를 공동 우두머리로 뽑았을까. 태자도 어렸을 때부터 여색을 유난히도 밝혔는데 자신의 성적 취향이 반영된 간택인지도 모른다. 태자는 자신을 넉넉히 품어주는 여자와 자신을 지배하는 여자 사이를 하루에도 수십 번씩 오갔다. 원화를 뽑을 때도 전혀 다른 두 성격의 여인을 아무렇지도 않게 뽑았던 것이다.

왕과 태자가 바란 평민 소년단은, 남모와 준정 두 원화를 중심으로 평민 소년들이 서로 믿고 의지하며 함께 배우고 수련하는 공동체였다.

남모와 준정은 물과 기름 같아서 화합되지 않았다. 둘은 자기 성격과 취향에 대한 강한 자부심이 있었다. 자기와는 다른 성격과 취향에 대해서 도무지 이해할 수 없었다. 남모는 준정이 싫었고, 준정은 남모가 싫었다. 게다가 미모 문제가 두 사람 사이를 더 멀어지게 만들었다. 낭도들은 틈만 나면 티격태격했다. 누가 더 예쁜

가? 아무리 입씨름을 해도 결판이 나지 않을 만큼, 남모와 준정의 미모는 쌍벽이었다. 신라에서 자기가 가장 예쁘다고 믿는 두 처녀는 서로가 비교의 대상이 되었다는 것만으로도 상대방이 꼴 보기 싫었다.

원화랑은 곧장 남모파와 준정파로 두 동강 났다. 남모를 흠모하는 낭도는 남모만 따라다녔고, 준정을 흠모하는 낭도는 준정만 따라다녔다. 두 무리가 비등비등했다. 남모파가 이백여 명, 준정파도 이백여 명.

처음엔 양쪽을 왔다 갔다 하는 소년들도 있었지만, 어느 한쪽을 택하라는 강요를 받았다. 어느 한쪽을 택하지 않으면 원화랑에서 나가야 했다.

한 달도 못 돼 남모파와 준정파는 서로 원수처럼 미워하게 되었다. 우두머리가 서로를 미워하니 따르는 무리도 무작정 다른 무리를 미워했다. 그들은 떼 지어 다니다가 마주치면 싸웠다. 도성 거리가 평민 소년단끼리의 육박전으로 아수라장이 된 게 한두 번이 아니었다.

석 달이 되자, 상황이 바뀌었다. 남모파는 삼백여 명으로 불어나고 준정파는 백여 명으로 줄어들었다. 준정은 낭도들의 잘잘못을 참지 못했다. 구타와 얼차려를 일삼았다. 견디다 못한 낭도들이 이탈하여 남모파로 가 버린 것이다. 남모는 얼마 전까지만 해도 자기를 원수로 대했던 낭도들을 따뜻하게 맞아주었다. 이 소문이 퍼지자 준정파는 더더욱 줄어 오십여 명밖에 남지 않게 되었다.

준정은 그렇지 않아도 환장할 지경인데 태자가 불러 강요했다.

"원화 둘을 뽑은 것부터가 내 잘못이었다. 하나만 뽑아야 했다. 대다수가 남모를 따른다더구나. 준정 네가 모자란 탓이다. 너는 남모에게 복종하여 수하가 되든지 원화 자리를 내주고 떠나든지 선택해라."

준정은 분노에 휩싸여 날뛰었다.

며칠 후 준정은 남모를 찾아갔다. 준정은 무릎을 꿇었다. 머리를 조아리고 울었다. "제가 잘못했어요. 제가 미욱하여 못난 짓을 했어요. 언니가 저보다 백배는 예쁩니다. 언니의 방식이 옳았습니다. 저를 호되게 꾸짖어주세요."

남모는 믿을 수 없었다. 그녀가 알기로 준정은 죽으면 죽었지 누구에게 굴종하고 용서를 빌 여자가 아니었다.

"너처럼 사악한 년이 대체 무슨 꿍꿍이냐? 본색을 드러내라."

"저를 믿지 못하는 건가요? 어떻게 하면 제 진심을 믿겠습니까. 이제부터 언니가 유일한 원화입니다. 저는 이제부터 언니의 노예예요. 개돼지처럼 부려주세요."

준정은 남모의 치맛자락에 이마를 문지르며 눈물을 쏟아냈다. 이후로 한 달 동안 준정은 정말이지 남모의 노예처럼 살았다. 새벽부터 밤늦게까지 남모의 그림자를 따라다니며 모든 수발을 들었다. 남모는 준정을 의심하지 않게 되었다. 준정이 개과천선한 것이라고 믿었다.

그날, 준정이 남모의 집에 오지 않았다. 지독한 고뿔에 걸려 다 죽어가고 있다는 것이었다. 남모는 병문안을 갔다. 남모는 혼자 가겠다고 했지만 낭도들이 호위했다. 낭도들은 여전히 준정을 의심했다. 준정은 집에 혼자 있었다. 머리를 싸매고 누워 있었다.

"원화 언니가 찾아와 주다니! 병이 금방 다 나았어요."

준정은 지나치게 고마워하며 눈물을 뚝뚝 흘렸다. 고마운 언니를 그냥 보낼 수 없다며 술상을 차렸다. 여자끼리 얘기가 깊어지자 다른 낭도들은 돌아갔다.

"언니, 많이 마시세요. 저는 아프니까 조금만 마실게요."

준정이 거듭 따라주는 술에 남모는 흠씬 취했다.

"우리 산책해요. 달빛이 참 좋잖아요."

준정과 남모는 북천으로 갔다. 으슥한 곳에 이르렀다. 준정이 갑자기 남모를 발길질했다. 남모는 벌러덩 엎어졌다. 준정은 남모를 올라타고 앉았다. 준정은 무서운 목소리로 속삭였다. "내가 너를 죽이려고 와신상담했다. 드디어 너를 지옥으로 보낼 수 있게 되었구나."

남모는 술이 꽉 깼다. "살려다오!"

"살고 싶다면 내가 했던 것처럼 해라."

"어떻게?"

"무릎 꿇고 이마 조아리고 살려달라고 빌어라. 내가 제일 예쁘다고 말해라. 나 준정이 원화라고 말해라. 내 노예처럼 살겠다고 말해라."

남모가 부들부들 떨더니 갑자기 웃었다.

준정이 을렀다. "웃어? 이게 지금 장난이라고 생각하니?"

남모가 말했다. "싫다. 난 너처럼 추잡한 짓은 안 해."

준정은 참았던 분노를 발산했다. 정신을 차려 보니 남모는 피투성이로 숨이 끊어져 있었다. 준정은 남모를 개천으로 끌고 들어갔다. 바위 밑 깊은 곳에 쑤셔넣었다. 주위에 큰 돌 몇 개를 들어 남모의 배 위에 올려놓았다. 보름 만에 남모의 시체가 발견되었다. 준정은 체포되었다. 준정은 사실대로 말했다. 질투에 이성을 상실해서 죽이게 되었노라고. 준정은 사형당했다.

왕은 원화 제도를 넉 달 만에 폐지했다. 대신 화랑을 제도화하겠다고 선포했다. 진골·귀족, 평민 소년 모두를 화랑으로 묶어 인재를 양성하는 국가 제도로 삼겠다고 선포했다. 일부 관료들이 거세게 반대했지만, 죽을 날이 가까운 왕은 이판사판 추진했다.

그렇게 해서 자발적인 화랑이 아닌, '국가 권력이 통제하는 신분 초월의 전원 남성인' 화랑이 탄생하게 되었다.

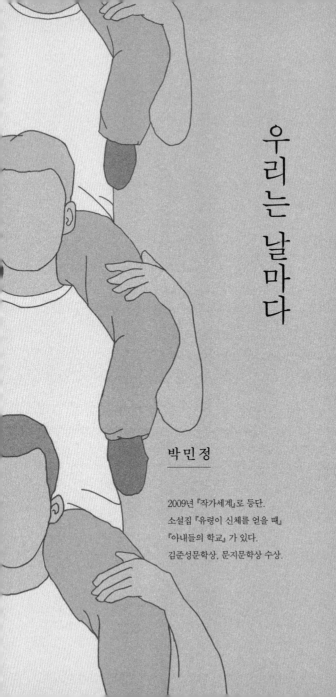

우리는 날마다

박민정

2009년 『작가세계』로 등단.
소설집 『유령이 신체를 얻을 때』
『아내들의 학교』가 있다.
김준성문학상, 문지문학상 수상.

수연은 머리카락 끝을 매만졌다. 어느새 가닥가닥 끊어진 머리카락에 얼음덩이가 엉겨붙어 있었다. 1교시 수업이 있는 날에는 머리카락을 말리지도 못했다. 화장이란 꿈도 못 꿀 일이었다. 스쿨버스 승차장은 서울에 단 하나뿐이었다. 경기 북부 외곽에 면한 수연의 동네는 변두리 중 변두리였다. 수연의 동네에서 승차장이 있는 강남까지는 지하철로 한 시간이 넘게 걸렸다. 수연의 굼뜬 행동거지로는 새벽같이 일어나도 항상 빠듯했다.

수연의 동네에서 스쿨버스 승차장이 있는 동네까지는 너무 멀었다. 학생들이 빠짐없이 좌석을 채우면 출발하는 버스는 그로부터 한 시간을 더 달려야 학교에 도착했다. 학교는 경기 남부 외곽에 있는 캠퍼스였다.

1교시 수업이 시작하는 시각은 변함없이 항상 오전 아홉시 정시였지만, 만석이 되는 시각만큼은 날마다 달랐다. 수연은 버스가 출발하는 시각이 언제가 될지 가늠할 수 없었다. 얼마나 더 일찍 일어나야 하는지 좀처럼 계산되지 않았다. 1교시 수업만 피해도 살 만할 것 같았다. 그러나 졸업반이 되기 전까지는 불가능한 일이었다. 캠퍼스가 있는 동네에서 자취를 하거나, 학교 기숙사에 사는 일도 수연은 자신 없었다. 그 비용을 감당할 수 없었다. 당연히 자가용으로 통학하는 일도 불가능했다. 그 비용 역시 감당할 수 없었다. 경기 남부 외곽의 시市에 위치한 고속버스 터미널도 캠퍼스와 너무 멀었기 때문에 학생들은 끔찍한 배차 간격을 무릅쓰고서라도 스쿨버스로 통학을 해야 했다.

그리고 수연은 날마다 지각이었다. 지각을 면할 수는 없을 것 같았다. 스쿨버스 안에서는 항상 절대 안 되는 일의 위력이 실감났다. 수연은 머리를 흔들며 버스 안을 다시 훑어봤다. 벌써 잠에 든 녀석도 있고, 콤팩트를 꺼내 화장을 고치거나 친구와 웃고 떠드는 발랄한 아이들 투성이었다. 수연은 눈알을 굴리며 버스 안에 드문드문 박혀 있는 학생들을 관찰했다. 전부 괴물같이 느껴졌다. 새 학기가 되어도 그대로였다. 수연은 한숨을 폭폭 내쉬었다.

그런 수연이 대개의 통학생들에게는 눈엣가시였다.

버스 안을 훑어대는 수연의 움직임은 어수선했고, 얼음덩이가 엉겨붙은 머리카락은 불결해 보였다. 아침 스쿨버스에서 만나는 학생들은 비록 눈인사조차 나누지 않았지만, 어지간하면 서로의 얼굴을 알아볼 수 있었다. 수연은 한 학기 전부터 공대 일부 남학생들에게 '떡진 머리에 그지 패션'으로 불리고 있었다. 캠퍼스 정문에 도착하자마자 총알처럼 튀어 나가는 떡진 머리는 항상 버스 앞에서 무릎을 박고 넘어졌다. 그 바람에 뒤따라 내리는 학생들의 걸음이 늦춰지기 일쑤였다. 더러는 수연을 '길막새'라고 칭하기도 했다. 가뜩이나 초조한 아침에 길을 막아대는 훼방꾼 주제에, 누구보다 성급하게 등교를 서두르는 꼴이 학생들에게는 그저 밉상으로 보였다. 간혹 수연은 일부 남학생들이 나누는 농담의 주인공이 되기도 했다.

그거 너무 어려운 질문이다…… 고르라는 거냐?

질문이라 함은, "너 저 길막새랑 잘래, 졸업하고 나서도 이 버스 탈래" 따위의 말이었다. 우연히 그런 대화를 엿듣게 된 여학생들은 눈살을 찌푸렸지만 내심 그런 대화의 주인공이 자신이 아니라서 다행이라는 생각을 했다. 정작 수연은 그런 말이 오가는지 전혀 몰랐다. 그저 버스가 출발하지 않아 짜증이 났고, 지각을 생각하면 분노에 가까운 감정이 치밀었고, 무릎을 박으면 아플 뿐이었다.

설상가상이었다. 수연은 흩날리는 눈을 보며 거의 절망에 가까운 감정을 느꼈다. 눈발은 빠른 속도로 거세지고 있었다. 이 마당에 눈마저 온다면 학교에 언제 도착할지는 좀처럼 가늠할 수 없었다. 삼월의 끝자락이었다. 봄이 온다는 건 남 일 같았다. 수연은 손을 호호 불었다. 담배 생각이 더욱 간절했다. 스쿨버스 승차장 근처에서 담배를 사려면 지하철역 앞 허름한 구멍가게에 가야 했다. 출발 시간이 한참 남았다고 해도, 근처 아파트 단지 내 편의점까지 가기에는 부담스러웠다.

양복 위에 패딩 점퍼를 걸쳐 입은 기사는 매표소 남자와 호빵을 나누어 먹고 있었다. 수연은 멀찌감치 앉아 그 장면을 지켜보며 줄담배를 피웠다. 눈이 펄펄 내렸고, 검은 양복을 입은 두 사내는 평화로워 보였다.

수연은 퍼뜩 정신을 차렸다. 낯익은 남학생 몇이 스쿨버스로 마구 달려가는 중이었다. 수연은 시계를 보았다. 이제쯤 버스가 출발해도 될 것 같았다. 기사와 매표소 남자 역시 보이지 않았다. 차창의 와이퍼가 움직이는 듯했다. 수연은 담배를 끄고 버스를 향해 걸음을 재촉했다. 달릴 필요까지는 없었다. 수연은 항상 스쿨버스 첫차에 가장 먼저 도착하는 학생이었고, 승차권도 쥐고 있었다. 버스 앞문과 가장 가까운 내측 2번이 지정석이나 다름없는 수연의 자리였다.

수연의 백팩은 온데간데없었다. 버스에는 이미 시동이 걸렸고, 좌석은 빠짐없이 학생들로 가득했다. 간절하게 기다리던 만석이었다. 그러나 거기 수연의 자리가 없었다. 수연은 자신이 맡아둔 자리에 앉은 여학생을 뚫어져라 쳐다봤다. 옆자리 남학생과 웃고 떠드는 그녀는 수연에게 관심 없었다. 수연은 자신이 어떤 표정으로 그녀를 노려보고 있는지 전혀 몰랐다. 남학생이 벌떡 일어나 외쳤다.

뭐야. 왜 사람을 그렇게 쳐다봐요?

대답이 없자 남학생은 수연의 어깨를 밀쳤다.

이봐요. 뭐냐구요?

버스 전 좌석을 빠짐없이 채운 학생들이 웅성대기 시작했다.

아, 뭐야. 이제 출발하려는데.

아, 저 길막새. 뭐냐.

수연은 겨우 입을 뗐다.

저…… 원래 여기는 제 자리인데요.

가만히 있던 여학생이 눈을 치켜뜨며 따졌다.

아 진짜. 왜 그래요? 이름이라도 써놨어요?

그녀에게 동조하듯 곳곳에서 불만이 터져 나왔다.

그냥 좀 갑시다. 안 그래도 늦었는데.

수연은 운전석으로 고개를 돌렸다. 양복 차림에 흰 장갑을 낀 말쑥한 중년 사내는 자신에게는 세상 어떤 소리도 들려오지 않는다는 듯 요지부동이었다. 수연은 용기 내서 말했다.

기사님, 여기 제가 짐을 뒀는데…….

기사는 마지못한 듯 일어섰다. 그는 수연의 시선을 피하며 짐칸에서 백팩을 내렸다.

이거? 학생 거야? 통로에 뒹굴길래 올려놓았는데.

여학생은 수연을 노려보며 말했다.

아침부터 짜증나게 진짜. 가방 간수 잘 못하고 왜 나한테 지랄이야.

수연에게는 더 할 말이 없었다. 아침마다 가방을 머리 대신 세던 장면이 떠올랐다. 수연은 두 손으로 백팩을 붙잡고 망연히 서 있었다. 출처를 알 수 없는 고함이 들려왔다.

좀 갑시다, 좀!

기사는 그런 수연을 일별하며 운전석 옆에 접이식 보조석을 펼쳤다.

학생. 보조석 펴줄게. 여기 앉아서 가, 그냥.

와이퍼가 분주하게 움직였다. 운전석 바로 옆에 앉은 수연은 때때로 자신이 운전을 하고 있는 듯한 착각에 빠졌다. 수연의 눈앞으로 노면이 활짝 펼쳐졌다. 눈발이 점점 거세지고 있었다.

어쩌면 저렇게 이기적이야? 수연의 자리를 기어코

빼앗은 여학생은 그러고도 분이 안 풀렸는지 계속 중얼거리며 수연을 욕했다. 수연은 귀를 닫아버렸다. 고속도로에 진입한 후로는 자꾸만 깊이를 알 수 없는 동굴 속으로 기어들어 가는 것 같았다. 수연은 일 년 동안 고속도로로 통학을 하면서도, 창밖 풍경을 제대로 본 적 없다는 사실을 깨달았다. 학교에 도착하자마자 가장 먼저 내리기 위해 항상 복도 측에만 앉은 까닭이었다. 와이퍼가 정신없이 걷어내는 장막 너머로 옴짝달싹 못하는 차들이 보였다. 바깥이 온통 뿌옇게 보였다.

수연을 노려보던 여학생의 새된 목소리가 들리지 않았다. 그새 잠든 모양이었다. 서울 톨게이트에 도착하기도 전이었다. 잠에나 들었으면. 수연은 간절히 바랐다.

줄곧 직진으로 달리던 버스는 소도시의 공장지대가 시작되는 지점에서 첫 번째 좌회전을 했다. 버스가 몸을 비틀면 곤히 잠들어 있던 학생들 대다수가 발을 구르며 깨어나곤 했다. 수연은 폭설을 뚫을 듯한 기세로 피어오르는 연기를 보며 눈을 감았다. 일 년간 수없이 오갔지만 생소하기만 한 통학길에서 유독 인상 깊은 풍경이었다. 저 굴뚝을 보고 싶다고 생각한 날이 떠올랐다. 그 어떤 날보다 간절했다. 고속도로를 달려 집에 가고 싶었다.

저런 애들은 도대체 가정교육이란 걸 받기나 한 걸까. 지은은 부산스럽게 다리를 떨어대는 수연을 보며 생각했다. 자신을 쳐다보던 수연의 눈빛을 생각하면 불쾌해서 미쳐버릴 것 같았다. 도둑이라도 보는 것처럼. 아이를 빼앗아 가려는 괴물이라도 보는 양, 백팩을 끌어안고 움찔거리며 자신을 보던 수연이 짜증났다. 어쩌면 저렇게 이기적일 수 있지? 항상 세상의 중심에서 자기를 외쳐야 되는 애들이잖아, 지은은 분을 참지 못하고 구시렁댔다. 옆에 앉은 선배는 벌써 잠들었는지 대답이 없었다. 지은은 무안해졌다. 왜 항상 나보다 먼저 잠드는 거야. 지은은 화가 났다. 데이트까지는 안 바라니까 등교만 같이 하게 해달라고 졸라대던 선배였다. 지은은 학교 선배랑 엮이고 싶지 않았다. 그가 그나마 학점이 좋지 않았다면 같이 다녀줄 일은 없었을 거였다. 선배는 거의 날마다 지은의 끼니를 챙겨줬고 과제를 대신해줬다. 그래서, 같이 다녀줘 버릇하니까 이제 내 남자친구라도 되는 줄 아나 보지? 지은은 마음속으로 고함을 쳤다. 야, 넌 내 남자친구가 아니야. 착각하지 말라고. 슬슬 코까지 골아대는 선배의 얼굴을 지은은 최선을 다해 노려봤다.

지은은 날마다 아버지를 조르고 있었다. 학교가 너무 멀어서 힘들다고, 등교 핑계로 거지 같은 남자애가 쫓아다닌다고, 아침마다 멀미하느라 죽을 것 같다고, 공부는커녕 이러다 골병 들겠다고, 지은은 온갖 핑계를 댔다. 그러나 아버지 입장에서 그런 이야기들은 썩 설득력 있게 들리지 않았다.

그래서, 네가 운전을 하면 뭐가 달라지니? 멀기는 똑같고 돈만 더 들 텐데?

지은은 문득 할 말이 없어져서 되는 대로 둘러댔다.

그래도 자기가 운전하는 차에서 멀미는 안 할 거 아니야, 아빠.

아버지는 허허 웃으며 졸업반이 되면 생각해보겠다고 대답했다. 지은은 주 삼 일로 시간표를 조정하느라 애썼지만, 아침 통학길의 스트레스는 여전했다. 지은은 자신의 처지가 서러워졌다. 수능 당일 컨디션이 조금만 더 좋았더라면 서울에 있는 대학에 진학했을 것이었다. 지은은 고작 몇 문제 때문에 늘상 고속도로를 타는 처지가 되었다는 것을 비관했다. 오늘은 정말이지 학교에 가기 싫었다. 지은은 다시 진지하게 편입을 고민했다. 대체 눈은 왜 오고 지랄이야. 지은은 입을 앙다물었다. 꽃 피는 삼월에 눈이 오는 것이 경악스러웠고, 배밀이를 하는 것처럼 미련하게 꿈틀대는 고속도로의 차들을 전부 없애버리고 싶었다. 이런 아침에 촌스러운 여자애가 얼음 떨어지는 머리카락을 흔들며 설쳐대다니. 지은은 수연을 노려봤다. 다 싫어. 너희들.

지은은 예전부터 수연을 알고 있었다. 항상 통학버스

에서 눈에 띄게 이기적으로 행동하는 아이로 유명하기도 했지만, 지은 자신은 신입생 시절 학사촌의 아파트에서 술을 진탕 먹고 나오던 날 본 기억이 있었다. 연영과인지 영화과인지, 캠퍼스에서 가장 유난스러운 무리들이었다. 지은은 구호를 외치며 지나는 그들을 볼 때마다 눈살을 찌푸렸다. 전 캠퍼스를 통틀어서 입학 점수가 가장 높은 과라는 이야기를 들었을 때 지은은 코웃음을 쳤다. 그래봐야 딴따라들이잖아. 자신도 들어본 유명한 영화감독들을 다수 배출한 과라는 이야기를 들었을 때도 지은은, 그래서 저 애들이 다 그런 감독이 된대? 비웃었다. 점수가 높아서인지 선배 자부심이 있어서인지 그들은 어디서나 부끄러운 줄도 모르고 과가를 부르고 구호를 외치는 무리들이었다. 우리는 날마다 학교에 간다! 지은은 그게 볼썽사납다고 생각했다. 자신이 보기에는 죄다 또라이들에 허세를 부리는 인간들이었다. 특히 교양 수업 시간에 영화과라는 치들이 손을 들고 지껄이는 이야기는 도통 무슨 말인지도 모르겠고 겉멋만 들어 보였다. 수연도 그런 인간일 것이었다. 그러니까 저렇게 이기적이지. 저 혼자 잘난 줄 알고. 거지같은 옷이나 입고 다니면서. 지은의 속이 부글부글 끓었다.

지은의 기억에 그날 수연의 모습은 조금 이상해 보였다. 지은은 그나마 마음이 맞는 몇 동기들과 함께 자취

방에서 술을 마시고 나와 복도에 앉아 바람을 쐬고 있었다. 야, 쟤네 촬영하나 봐. 누군가 신기해하며 말했다. 지은은 곁담배를 피우며 콜록댔다. 아, 무슨 촬영. 저게 반사판 아니야? 저건 붐이네. 야, 너 유식하다? 아이들이 키득거렸다. 한창 새벽이었다. 갑자기 귀를 찢는 날카로운 울음이 들렸다. 모두 깜짝 놀라 소리 나는 쪽을 보니 고양이가 문밖으로 내던져지고 있었다. 뭐야, 저것도 촬영인가? 이상해…… 말 못 하는 짐승한테 저게 뭐야…… 아이들이 수군거렸다. 야, 우리 들어가자. 지은은 왠지 그 문에서 눈을 떼지 못했다.

몇 시간 후 지은이 다시 나왔을 때는 웬 여자애 하나가 복도에 앉아 울고 있었다. 옷매무새를 정리하지도 못해 벌어진 셔츠 사이로 브래지어가 보일 정도였다. 여자애는 뭐가 그렇게 서러운지 가슴을 쥐어뜯으며 끅끅거렸다. 로션도 안 바른 것 같은 얼굴에 눈화장만 짙게 한 것이 이상해 보였다. 시커먼 눈물이 여자애의 볼을 타고 흘렀다. 지은은 물끄러미 그 애를 쳐다봤다. 뭐지, 저 바보 같은 건. 곧 누군가 나와 여자애를 꾸짖었다. 야, 다 끝나고 나서 우냐? 필요할 땐 한 방울도 못 흘리더니. 여자애의 울음이 멎었다. 지은은 무슨 상황인지는 몰라도 이상한 애들인 건 분명하다고 생각했다.

그 장면은 지은에게 별로 유쾌한 기억이 아니었는데, 이후 여자애는 아침마다 보는 얼굴이 되었다. 저게 연예인도 아니고, 지은은 자신만 일방적으로 여자애를 알아본다는 게 불쾌했다. 그래도 어쩔 수 없었다. 수연과 마주칠 때마다 지은은 검은 눈물을 흘리던 새벽의 여자애를 떠올렸다. 왜 그랬는지 궁금한 것도 아닌데, 자꾸만 떠올랐다. 꼴에 선후배 기강이 센 과라니까, 잘난 선배들에게 호되게 혼났던 거였겠지. 지은은 그렇게 생각해버렸다. 그래도 간혹 떠오르는 문장이 있었다. 다 끝나고 나서 우냐? 필요할 때는 못 울고? 그게 무슨 말인지는 가끔 궁금했다. 지은은 문득 그런 생각에 빠져 화가 나는 것도 잠시 잊고 있었다.

버스가 항상 좌회전을 하는 지점에서 좌회전을 했다. 평소보다 한 시간 가량 늦어지고 있었다. 얼마나 늦어질지 가늠할 수 없었다. 지은은 시간표를 짤 때 선배의 도움을 받아 용케 1교시 수업을 전부 제외했었다. 지각할 일은 없었지만, 평소보다 늦어진다는 것 자체를 참을 수 없었다. 이러다가 정신병 걸릴 것 같아. 지은은 미간을 좁히며 화를 눌러 참았다. 콤팩트를 꺼내 얼굴을 비춰 보고, 전공 서적을 펼쳐 보기도 했지만 화는 풀리지 않았다. 너 때문이잖아. 이 멍청한 년아. 지은은 마음속으로 말했다. 안 그래도 화나는데 너 때문에 더화가 나잖아. 지은은 수연을 노려봤다. 운전석 옆 보조석에 앉은 수연은 무사태평해 보였다.

지은아, 왜 그래?

좌회전에 놀라 잠에서 깬 이후 선배는 계속 지은을 지켜본 모양이었다. 붉으락푸르락하는 지은이 걱정된 그는 슬쩍 그녀의 팔을 잡았고, 지은은 더 이상 참을 수 없었다. 지은은 까악, 하고 고양이 울음같이 날카로운 비명을 질렀다. 선배는 눈이 휘둥그레져 지은아, 불렀다. 선배의 음성에 울음이 섞여 있는 듯했다. 여기저기서 간헐적으로 비명이 터졌다.

비명은 수연의 뒤에 앉은 여학생이 지른 것이 분명했다. 손톱으로 칠판을 긁는 것 같이 날카롭고 불쾌한 소리였다. 수연은 반사적으로 고개를 돌리려다 그만두었다. 수연은 버스가 덜컹, 움직인다고 느꼈는데 그게 착각인지 실제인지는 분간할 수 없었다. 졸린 눈을 부릅뜨며 평소보다 천천히 운전하던 기사는 귀를 찢는 비명 소리에 정신이 번쩍 들었다. 기사는 정신이 든 것과 동시에 고개를 돌려 소리 나는 쪽을 봤다. 순식간의 일이었다. 수연은 기사의 얼굴이 돌아가는 것을 보며 놀랐지만 곧 마음을 가다듬었다. 이건 수연 자신만이 아는 결말이었다. 수연은 자신이 예상하지 못한 수많은 영화의 결말을 생각했다. 수연은 자신의 결말만을 쉽게 점쳤다. 가장 짜증나는 결말이었다. 수연은 어제 본 영화가 자신의 마지막 영화가 되리라고 생각했다. 여전히 눈이 펄펄 쏟아지고 있었고, 서행하던 버스는 중앙선을

넘었다. 오늘의 결말을 아는 사람은 나뿐이다, 라고 수
연은 마지막 대사를 입력하듯 힘주어 곱씹었다.

우리는 날마다

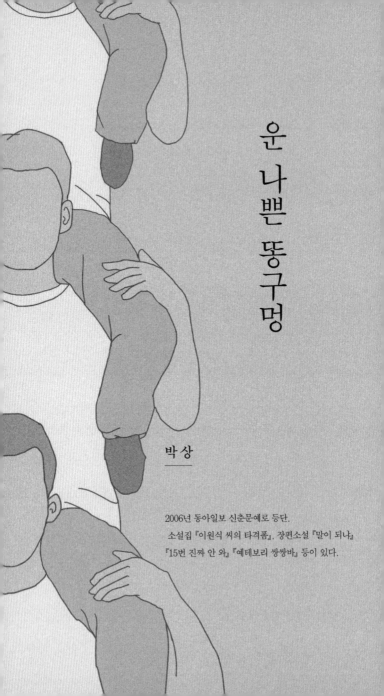

운 나쁜 똥구멍

박상

2006년 동아일보 신춘문예로 등단.
소설집 『이원식 씨의 타격폼』, 장편소설 『말이 되냐』
『15번 진짜 안 와』 『예테보리 쌍쌍바』 등이 있다.

‒ 난 항상 재수가 없군.

‒ 알아. 이미 두 가지 방향으로 추리할 수 있었다. 첫째, 운 좋은 놈이 이런 거지 같은 호스텔에서 지린내 나는 싸구려 마리화나를 피우고 자빠져 있는 건 못 봤다. 둘째, 너는 나를 만났다.

‒ 그럼 나도 추리를 해볼까? 자네 발음을 보니 필리핀 사람인 것 같고, 그 총은 장난감이 아니군. 손목 힘줄이 튀어나온 걸 보니 묵직한 쇳덩어리를 쥔 거지.

‒ 평범한 관찰력이다. 순순히 돈을 꺼내지 않는다면 대가리에 총을 맞을 거라는 건 모르고 있지 않은가. 남부 민다나오 출신 인생에 장난은 없다.

‒ 오오? 자네 방금 will을 썼나? be going to 용법이 아니니까 날 쏠 생각이 확고하진 않은 거지?

– 닥쳐. 빌어먹을 똥구멍 같은 영문법!

박규동 씨는 필리핀 마닐라 말라떼의 호스텔 부엌에서 방금 민다나오 출신 강도를 만났다. 아무나 들락거릴 수 있는 허술한 보안을 자랑하는 숙소라는 생각을 하자마자 한 남자가 그에게 총을 겨눈 것이다.

– 잠깐, 자네 같은 직업을 뭐라고 하더라? '권총 강도' 맞나? 요즘엔 단어 다섯 개를 외우면 알고 있던 오십 개를 까먹어. 뇌세포가 닭고기처럼 됐나.
– 시끄럽고 돈 내놔.
– 나는 놀고 있지만 자네는 열심히 일하고 있군.
– 난 달리 돈벌이가 없다. 네게서 인정사정없이 돈을 빼앗을 것이다. 자, 어서 돈을 꺼내! 한국인에겐 돈이 많다고 들었다.
– 안됐지만 모든 한국인이 그렇진 않아. 근데 내가 한국인인 건 어떻게 알았나?

권총 강도는 박규동 씨가 읽던 책을 턱짓으로 가리켰다. 그는 박상이라는 작가의 『이원식 씨의 타격폼』이라는 소설을 읽는 중이었다. 2019년 노벨문학상 후보에 올라 유력한 수상 가능성을 보일 확률이 0.0001% 미만인 작가다. 한국에도 독자가 거의 없다.

- 이딴 작가를 알아보다니 신기하군. 이 책은 개떡같이 재미없지만 훌륭해. 뭐라는 건지 하나도 모르겠으니까.

- 세상엔 모르는 일투성이지.

- 자네가 왜 나를 골랐는지도 모르겠어. 난 돈이 없거든. 돈 따위는 좋은 호텔 투숙객들한테 있겠지. 어떻게 이런 싸구려 호스텔에 묵는 가난뱅이를 털 생각을 했냐. 자넨 어릴 때부터 동네 바보 경연 대회에 나가면 우승을 놓치지 않았겠군. 안 그래?

- 과연 그럴까? 의외로 난 늘 꼴찌였지. 세상을 사는 건 똥구멍처럼 못생긴 일이라는 걸 어릴 때부터 알고 있었거든. 더구나 난 오늘 처음 강도 일을 시작했고 너를 털기로 결심했을 뿐이다. 아무 의미도 이유도 없다. 네가 돈이 있건 없건 상관없다. 그냥 널 죽이고, 돈도 뺏을 것이다.

박규동 씨는 고심 끝에 고개를 삼십 번 정도 끄덕였다. 몹시 수긍하는 듯한 태도였다.

- 그럼 총 맞기 전에 일단 맥주 한잔 어때? 우린 말이 잘 통하는 것 같은데. 냉장고에 맥주를 열 병 사 놨어. 살려고 잔머리 굴리는 거 아냐. 난 살고 싶지 않아.

- 꺼내 와라. 한 병에 삼십 페소 쳐 준다.
- 넣어 둬. 돈 내면서 강도질을 하면 체면이 안 서지. 대신 질 좋은 강아지 있으면 몇 모금 나눠 주셔.
- 그러지. 나한테 좋은 해시시(농축 마리화나)가 있는 건 어떻게 알았나?
- 냄새로 품질을 평론할 수 있는 놈한텐 좋은 게 있을 확률이 높지 않겠어?

박규동 씨는 강도가 기분 상하지 않을, 매너 있는 걸음걸이로 냉장고로 가서 문을 열었다. 그런데 그는 열자마자 이런 니미 씨빠라빠빠, 하고 욕을 했다. 강도가 왜 그러는가 물었다.

- 어떤 꽃게-새끼가 내 맥주를 처마셨어!
- 하나도 남은 게 없나?
- 두 병뿐이야, 쌍! 가엾은 내 맥주들이 도둑놈들 배때기로 들어갔어. 뀌어어 씨빠빠!
- 맥주는 쉽게 사라지는 성질이 있지. 남은 거라도 어서 가져와.

두 사람은 마주보고 앉아 맥주를 한 병씩 쥐었다. 강도는 식탁 밑으로 권총을 겨누고 나머지 손으로 조그만 해시시 덩어리와 담배 종이를 식탁 위에 던졌다.

– 최대한 가늘게 말아.

– 쳇, 나는 짧고 굵은 거 좋아하는데.

박규동 씨는 해시시를 샤프심 두께로 만들어 담배 가루에 넣고 돌돌 말았다. 끝부분엔 필터 대신 담뱃갑의 두꺼운 종이를 찢어 끼웠다. 그리고 불을 붙여 강도에게 건넸다.

– 손재주가 좋군. 필터는 왜 안 끼웠나?

– 난 요리사였으니까. 이래야 맛이 나지. 근데 이거 냄새가 좋네. 비싼 건가?

– 싸다. 따갈로그어語를 할 줄 알면 너처럼 바가지를 쓰지 않는다. 자, 한 모금 빨아볼래?

– 난 손톱일 때 만큼에 천 페소나 썼는데, 젠장. 내 인생은 항상 재수가 없어.

– 재수 좋은 인간은 드물다. 소개하지. 내 이름은 빙봉이다.

– 나는 박규동이다. 방금 욕한 거 아니다.

박규동 씨는 빙봉이 건넨 해시시를 두 번 빨면서 미간의 주름이 펴지는 기분을 느꼈다. 강도를 만난 상황이 농담처럼 느껴졌다. 빙봉이 말했다.

- 죽기 전에 뭔가 웃긴 얘기를 해봐.

- 웃긴 얘기라면, 한국인 박규동이 일본식 규동집을 오픈했던 얘기 어때?

- 하지 마라……

두 사람은 맥주를 한 모금 마시고 해시시를 안주처럼 빨고 턱을 하늘로 세우며 연기를 내뿜고, 엄지와 집게손가락으로 필터 부분을 집어 건네는 세트 동작을 네 번 반복할 때까지 멍때렸다. 그러다 박규동 씨가 필리핀 루손섬 북쪽 해상에서 태풍이 형성되는 것처럼 갑자기 말을 쏟아냈다.

- 난 가진 돈을 싹 털어 여기 왔어. 허탈감과 우울을 견디기 힘들어서 그랬지. 난 서른여섯 살이 되도록 제대로 된 인생의 행복을 느껴본 적이 없었어. 돈이 한 번도 없었기 때문인 것 같아. 난 희한하게 돈이 없는 운명을 타고난 것처럼 다른 돈 없는 자들을 압도하는 천부적인 재능을 보이며 늘 가난했지. 가게에서 뼈 빠지게 일해도 백육십만 원 넘는 월급은 받아본 적도 없었고, 그나마 받으면 월급이 날아갈 일이 생기곤 했어. 내가 빚내서 차린 규동 가게엔 한 달 동안 손님이 세 명 왔어. 아마 제목이 문제였던 것 같아. '박규동규동집'이었

지. 띄어쓰기라도 할 걸 그랬어. 나는 장사가 안돼 술을 많이 마셨고, 마실수록 더 그릇된 판단을 했고, 그 악순환에서 벗어날 방법을 찾지 못하겠더군. 하도 되는 일이 없으니까 심지어 죽고 싶더군. 가게가 망하고 빚을 잔뜩 진 다음 그래도 살겠다고 창고지기로 취직했는데 내 근무시간에 선반들이 갑자기 무너졌어. 난 맹세코 건드리지도 않았는데 모든 선반이 도미노처럼 무너져 내렸어. 보관한 상품들이 다 깨졌지. CCTV엔 내가 지나가는 장면이 나와. 난 사람이 지나가는 공기의 움직임을 일으켰을 뿐이야. 어째서 하필 그때 무너진 건지 모르겠어. 내가 다 변상해야 했지. 이미 빚도 많은데 그럴 목돈 나올 구멍은 없더군. 그래서 필리핀에 온 거야. 권총 자살은 내 로망이었어. 여긴 총이 있잖아. 맞지? 자네도 들고 있으니까. 난 몹시 죽고 싶어서 여기 와 있는 거야. 나를 둘러싼 부조리를 못 견디겠어. 내게 당장 총을 쏴준다면 정말 좋겠어.

　

　- 차창에 매달리는 거지 애들을 본 적 있나? 집 없는 그 꼬마들도 어떻게든 살아간다.
　- 봤지. 그걸 보니 더 죽고 싶더군. 삶이 뭐라고 순진한 아이들마저 버둥거리게 하는 걸까? 게다가 길 막히면 헬기 타고 마카티에서 말라떼로 놀러오는 부호들을 보면 고까워서 더욱 죽고 싶더군. 이런 양극단이 해소

되지 않는다면 극단적인 선택을 하는 게 옳지.

빙봉은 바닥에 침을 찍 뱉었다.

– 장황하군. 남의 사정엔 관심 없다. 강도의 심정을 강도질 안 해본 사람이 알겠는가? 자기 인생을 설명하지 마. 누가 알아주길 기대하면 안 되는 거여!
– 그건 민다나오 사투리인가?
– 그렇다. 내가 탈출한 고향의 사투리다. 거긴 지금 난장판이지.
– 그곳은 지금 규동집을 차린 박규동 얘기 같겠군.

그 말이 끝나기 무섭게 빙봉이 총구를 박규동 씨의 관자놀이에 확 갖다 대며 흥분했다.

– 내가 박규동이 규동집 차린 얘기하지 말랬지! 당장 죽고 싶어?
– 응. 당장 죽고 싶어. 난 되는 일도 없고, 앞으로도 없을 것 같고, 빚만 잔뜩 있어. 참지 말고 방아쇠를 당겨.
– 그래, 이 새끼야. 내 애인들은 한국 놈들이 다 빼앗아 갔다. 한국인들은 내게 빚이 있다! 죽여버릴 테다.
– 빙봉 너는 '애인들'이라도 있었네. 좋겠네. 난 한 명

도 없었지. 어서 쏴. 여기다 쏴.

자신의 관자놀이를 들이대는 박규동 씨 앞에서 빙봉은 잠시 멈칫한 뒤 총을 거뒀다.

– 안됐군. 내가 너라면 얼른 권총을 사서 머리에 쏘겠다.
– 그치? 당장 총을 사야겠어. 현지인이 바가지 안 쓰고 사면 얼마 정도 할까?
– 일만 페소 정도.
– 정말 총이 그렇게 싸?
– 해시시를 똥구멍으로 빨았나. 일만 페소면 살 수 있다니까.

일만 페소라면 한국 돈으로 이십만 원 살짝 넘는 금액이었다. 박규동 씨의 지갑에는 아직 이만 페소가 남아 있었다. 최후의 돈이었다.

– 자네를 만나다니 내 인생 처음으로 운이 좋은 것 같군.
박규동 씨는 즉시 지갑에서 일만 페소를 꺼내 빙봉에게 건넸다.

- 대신 좀 사다 줄 수 있나? 친구. 올 때 맥주도 좀 사
오고.

빙봉은 돈을 보더니 잠시 깊은 사색을 시작했다. 그
는 이십 분 뒤에 입을 열었다.

- 이런 일은 난생 처음인데, 일단 몹시 귀찮다. 더구
나 올 때 맥주까지 사 와야 한다면 계산이 복잡해. 하지
만 인생 단순하게 가자. 내 총을 사. 그리고 맥주 얘긴
못 들은 걸로 하겠어. 다만 내 총은 디자인이 예쁘니까
일만오천 페소다.
- 성능은?
- 성능은 디자인보다 하위 개념임을 모르는가?
- 알아, 알아. 하지만 난 호텔 욕조에서 권총 자살 하
고 싶어. 최후의 디자인이야. 추락사나 질식사보단 화
끈해 보이잖아. 이봐, 친구. 저기 팬 퍼시픽 호텔 보이
지? 저곳 욕조 딸린 방은 하룻밤에 육천 페소야. 난 전
재산이 이만 페소뿐이고. 그러니 그 총을 일만사천 페
소에 팔아주게. 우린 이미 친해졌잖아.
- 좋아.

빙봉은 박규동 씨에게 총을 건넸다. 박규동 씨는 일
만사천 페소를 센 다음 빙봉에게 건넸다. 두 사람은 오

랜 친구처럼 뜨거운 악수를 나누고 건배했다. 빙봉이
말했다.

– 난 강도가 되는 게 꿈이었는데 빌어먹을 불법 총기
거래나 해버렸다. 인생은 뜻대로 되는 게 하나도 없다.
네 인생도 그렇지 않나? 총을 사지 말고 내 고향의 '모
로 이슬람 해방전선' 점령지로 가서 '알라는 위대하지
않다', 한마디만 외치면 자동으로 벌집을 만들어줄 텐
데 넌 쓸데없는 돈을 쓴 것이다.

– 아니 시바 그런 좋은 정보를 왜 일만사천 페소 쓰기
전에 말 안 했냐?
– 몰라. 거기까지 교통비나 권총 값이나 뭐. 귀찮다.

빙봉은 돈을 챙긴 다음 남은 맥주를 원샷한 뒤 자리
에서 일어섰다. 총알이 빗나가지 않길 비네, 어쩌고 말
한 것 같았지만 민나다오 사투리라 박규동 씨는 쉽게
알아들을 수 없었다.

총이 생긴 박규동 씨는 곧바로 팬 퍼시픽 호텔에 투
숙했다. 그는 욕조에 물을 받고, 권총을 꺼냈다. 어여쁜
실탄이 딱 한 발 장착되어 있었다. 세상의 구성 요소가
음표가 되는 느낌이 들었다. 그는 어릴 때 갖고 놀던 장
난감처럼 익숙하게 노리쇠를 후퇴 고정했다.

— 인생은 장난이 아니지. 최소한 이름이 박규동인 놈이 규동집을 차리면 안 되는 거였어. 웃기려고만 하다가 인생이 웃겨졌어.

그는 슬픈 미소를 지으며 서서히 총을 관자놀이로 가져갔다. 그리고 한 번 숨을 들이마신 뒤 욕조의 배수구 마개를 뽑았다. 죽을 때 죽더라도 폐는 안 끼치고 싶었다.

그리고 방아쇠를 망설임 없이 당겼다. 그런데 놀랍게도 공이가 탄환에 부닥치며 탄두가 발사되는 0.3초 동안 그는 인생이 타르코프스키 영화처럼 롱 테이크로 지나가는 걸 느꼈다. 뇌의 신비가 죽음을 인지하고 반응시간을 빠르게 돌린 건지 모르겠지만 총알은 이미 발사되어 총신을 따라 머리로 날아오고 있는데 0.3초가 이렇게 천천히 흐르다니, 신기한 경험이었다. 죽을 때 그런 현상이 벌어진다더니 사실이었다. 특히 그의 인생에서 최초로 어떤 여자와 데이트를 하게 되었을 때의 기억이 선명하게 떠올랐다. 그날 약속 장소에 삼십 분 일찍 나가 은행에서 데이트 비용을 뽑는데 ATM이 그의 하나뿐인 카드를 먹어버린 장면이었다. 사람을 불렀지만 한 시간이나 걸린다고 했다. 그리고 ATM 부스에서

실의에 잠겨 있을 때 누가 그의 휴대폰을 훔쳐갔다. 그는 결국 여자를 만나지 못했고, 그녀에게 연락도 못 했고, 빗속을 두 시간 걸어 집에 돌아왔다. 그 장면은 몹시 억울하게 느껴졌다. 그런데 아직 총알이 대가리까지 안 왔다. 믿기지 않았다. 그 다음엔 빙봉이 왜 자꾸 똥구멍이라는 단어를 썼는지 궁금해지기 시작했다. 그는 진지한 친구 같았는데 알고 보면 웃긴 놈이었던 걸까, 잠시 의아해했다. 그는 머릿속으로 똥구멍, 똥구멍, 똥구멍 하고 거기에 무슨 의미가 있나 되새겨 보았다. 똥구멍은 더럽게 웃긴 단어일 뿐, 의미는 알 수 없었다. 그리고 알 게 뭐야. 곧 머리에 총알구멍이 날 텐데 하고 생각했다. 그 순간 피식 똥구멍 하고 웃음이 터져버렸다. 그때 그가 관자놀이에 겨눈 총신이 흔들리고 말았다.

격발된 총알은 그의 관자놀이를 뚫으려다 각도가 틀어지면서 그의 대가리 해골바가지를 때리며 스쳐 날아갔다. 머리에 상당한 충격이 전해졌지만 죽지 않고 살 수 있을 정도의 부상 같았다.

– 어우 이것도 실패야? 죽을 때도 운이 나쁜 거야? 대가리에 금 간 채 다시 또 똥구멍 같은 인생을 살아야 해? 빌어먹을! 빌어먹을!

규동집을 차렸던 박규동 씨는 절박하게 고함지르며 벌떡 일어섰다. 그런데 그 고함 소리는 일어서자마자 딱 멈췄다. 빗겨간 총알이 호텔 욕실 타일과 욕조 모서리에 당구대 쿠션처럼 세 번 튕긴 다음 도탄이 되어 다시 그의 똥구멍에 정확히 박힌 것이었다. 그렇게 기가 막힌 각도의 우연은 막장 소설가가 쓴 문장처럼 어이가 없었다. 박규동 씨는 그야말로 누가 똥구멍을 긴 꼬챙이로 아주 세게 쑤시는 느낌을 받았다. 즉사할 수 있을 정도로 아팠다. 그는 그제야 활짝 웃으며 중얼거렸다.

– 오오 이거 난생 처음 운이 딱 한 번 좋군 그래.

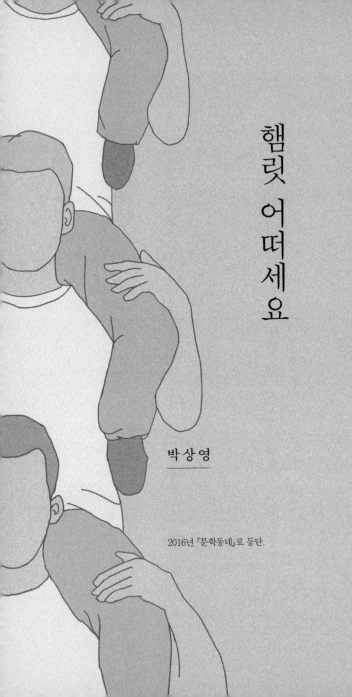

햄릿 어떠세요

박상영

2016년 『문학동네』로 등단.

곰곰을 처음 만난 것은 연극과 문화 수업 시간이었다.

스물한 살. 누군가에게는 설레는 시작일 그 나이가 내게는 모든 가능성의 끝자락을 의미했다. 나는 아침 일찍 일어나 아이들이 누워 있는 연습생 숙소에서 벗어나 학교로 갔다. 새롭게 대학 생활을 시작한 나는 내 나이에 겪지 않아도 될 너무 많은 실패를 겪었다. 두 번이나 대형 기획사의 아이돌 데뷔조에 발탁되었다가 탈락했으며, 숨죽이며 만났던 남자들과의 연애는 모두 철저한 실패로 끝났다.

실패는 인간을 성숙하게 한다.

개소리다. 실패는 인간을 한껏 구겨지고 쪼그라들게 만든다. 날카로운 끄트머리로 살갗을 찢어내고 낱낱이

해부해버린다. 보지 않아도 될 내 내장 속 시꺼먼 부분까지 기어이 들여다보게 만드는 것이 실패,라는 경험이다.

누군가는 삼 년간의 연습생 생활 덕분에 서울에 있는 연극영화과에 손쉽게. 진학한 게 아니냐고 말할 수도 있겠지만, 모르는 소리. 오로지 데뷔만을 보고 달려온 나에게 있어서 대학 같은 것은 어떻게 되든 별 상관이 없는 많은 것들 중 하나에 불과했다.

신입생이라는 이름으로 처음 대학 생활을 시작한 사람들은 하나같이 어리둥절한 표정이었다. 모든 것들이 새롭고 어색한 가운데 일말의 희망이나 들뜸 같은 게 서려 있었다. 내게는 없는 그런 것들. 누구보다도 무표정한 얼굴로 혼자 강의실에 앉아 있던 내게 먼저 말을 건 게 곰곰이었다.

햄릿 어때세요.

대충 시간이나 떼울 요량으로 수강한 연극과 문화,는 운이 나쁘게도 본격 연극 제작 실습수업이었다. 학기 말에 학교의 소강당 무대에 희곡 작품 하나를 올려야 한다고 했다. 연영과의 학생들은 이미 가까워져 저마다 팀을 꾸려 입시에 연습했던 닳고 닳은 희곡들을 잘도 선택했다. 결국 어디에도 속하지 못한 나와 영문과 신입생 몇몇이 남아 햄릿,을 공연하게 되었다. 그들 중 가장 발음이 또박또박한 곰곰이 햄릿을, 유일한 여자인 내가 오필리어를 맡게 되었다. 삼 개월의 시간 동안 연극의 연, 자도 모르는 사람들이 모여 연극을 하려하니, 뭐 하나 제대로 되는 게 없었다. 학점 때문인지 아니면 신입생이라는 존재가 원체 그렇게 생겨먹은 것인지 기이한 열의에 가득 차 보였고, 나는 그들의 구색을 맞춰주는 것만으로도 충분히 고단했다. 그곳에는 형체를 알 수 없게 여러겹으로 눌러붙은 열정 같은 게 있어서, 그것 나름대로도 싫었지만, 어찌 됐건 나에게 할 일을 만들어 준다는 점에서는 좋았다. 방과 후에는 강의실이나 카페에 모여 햄릿을 낭독했다. 하나를 기억하면 두 개를 잊었고, 두 개를 잊고 나서는 별로 아무것도 상관없어졌다. 그냥 하고 싶은 대로 하드보드지와 보자기 몇 장을 대충 부리고 두른 게 무대고 의상이었다. 곰곰이 돌아선 나를 향해 손을 뻗었다. 그리고 현학적이고 오그라드는 햄릿의 대사를 천천히 읊기 시작했다. 곰곰의 떨리는 목소리가 강당을 울렸다.

밤하늘의 별을 의심하지 마시오.
태양의 움직임을 의심하지도 마시오……

우리의 햄릿은 철저한 실패로 끝났다. 곰곰이 두어 번 대사를 씹었으며, 동선이 맞지 않아 나와 여러 번 몸을 부딪혔고, 나머지 아이들도 골고루 극을 망치는 데에 기여했다. 내가 중세의 의상을 표현하기 위해 두른 보자기를 밟아 중심을 잃어 넘어질 뻔한 것이 해프닝의 정점이었다. 우리는 다섯 개의 팀 중 최저점을 받았다. 정말이지 지구 반대편에서 지진이 일어나고 있는 것만큼이나 나와 무관한 일처럼 느껴졌고, 별 상관도 없었으나 아이들은 진심으로 침울해 보였다. 대학로의 유명한 연출 출신인 교수님이 학교 앞 호프집에서 수업 뒤풀이를 하자고 했다.

구질구질한 호프집에 모여 앉은 아이들은 저마다 말없이 술을 들이켰다. 나도 뭐 어색하고 별 할 말도 없고 해서 술을 연달아 들이켰고, 주는 대로 받아 마셨더니 다들 썩 좋아하는 눈치였다. 영문과의 복학생 중 하나가 내 피부와 두개골의 크기를 칭찬했고 나는 그게 칭찬인가 생각하며 술을 마시다 나도 모르게 얼싸하게 취해버렸다. 정신을 차리자 화장실 문에 기대고 있는 내가 있었다. 내 이마에 맞닿은 유니섹스 표지판. 머리카락이 내 시선을 가렸다. 내 구두 끝에는 정체를 알 수 없는 음식물이 묻어 있고, 나는 누구이며 이곳은 어디인가. 생각하던 찰나, 누군가 내 어깨를 잡았다. 나는 지구보다도 느린 속도로 고개를 돌렸고 그곳엔 곰곰이 있었다. 곰곰이 반쯤 눈을 감은 채로 말했다.

좋아해.

뭐라고? 뭐가 어쩌고 어째. 진짜 뭐라는 거냐, 미친 놈아. 뭐 그런 말을 하며 웃고 있다고 생각했는데 어느

새 내가 곰곰을 안고 있었고, 안고 있다기보다는 기대고 있었고, 기대고 있다기보다는 아니 정말 온몸을 기대듯 안고 있었고, 우리는 키스를 했다. 왜였지. 글쎄. 이제 와서는 잘 모르겠지만 그때는 정말 그냥 그렇게 되었다.

*

곰곰을 곰곰이라고 부르게 된 데는 몇 가지 이유가 있었다. 곰곰이 생각하는 모습이 곰곰 같고 아둔해 보이는 눈꼬리와 정신이 빠져 보이는 표정이 꼭 동물원의 곰 같다는 생각이 들어서였다. 딱히 살이 많이 찌거나 덩치가 큰 것은 아니었는데, (오히려 여자인 나와 눈높이가 비슷했다.) 그래도 몸의 형태랄까, 이상하게 모서리가 없는 느낌 같은 게 꼭 곰 같았다. 게다가 말수가 적고 언제나 뭔가를 골몰히 생각하는 표정이, 입이 작고 코가 동그란 게 썩 못생겨서 귀여웠다.

곰곰한 곰.

*

곰곰과 내가 완벽히 망한 연극을 끝내는 동안 나와 함께 연습생 생활을 했던 아이들이 데뷔를 했으며, 음악 전문 케이블 채널에 그들의 데뷔담을 다룬 리얼리티 쇼가 론칭되었다. 내 경우는 기획사를 통해 몇 개의 지면 광고를 촬영했고 두어 번 수업을 빠졌지만 일상의 중심은 더 이상 연습이 아닌, 학교가 된 것이 자명했다. 연습생 생활이 끝난 뒤로는 좀체 하루 종일 할 게 없었다. 대학에 적응하기에도 녹록지 않았는데, 입학 후 학과에 적응도 하기 전에 곧바로 휴학을 해버렸고, 아이들 사이에서 나는 이미 S사의 연습생 어쩌구가 되어버린 지 오래였다. 이제 와서 모든 것이 틀어졌다고, 다 망해먹었다고 그러니 부디 날 거둬주시오, 굽히고 들어가기엔 한 줌 남은 내 자존심이 허락지 않았다. 그리고 무엇보다도 그러는 순간 내 자신이 아무것도 할 일 없는 년이 되어버렸다는 사실을 인정해버리는 것만 같았다. 그래서 나는 대신에 곰곰과 만났다. 키스를 하고 난 뒤로, 딱히 사귀자고 한 적도 없는데 곰곰은 당연히 우리가 사귀는 거라 생각하는 눈치였고, 나도 그렇게 생각하도록 됐다.

경기도에서 태어나, 중학교 삼 학년 때부터 청담동의 연습생용 숙소에서 살았던 나와는 달리, 곰곰은 대학에 왔을 때 처음 서울 땅을 밟아봤다고 했다. 내륙보다는 바다에 가까운 전라도의 소도시에서 살다, 넓은 세상을 경험하고 싶어 서울에 오게 됐다고 했다. '넓은' 세상이라니. 상경의 이유조차 너무나도 소박하고 촌스러워서 웃기기만 했다.

곰곰은 내가 처음이라고 했다. 세 살 터울의 친누나

가 있기는 하나 일찍이 대도시로 유학을 가버렸고, 도내 남중, 남고를 나와 엄마를 제외하고는 여자를 만날 기회가 거의 없었다고 했다. 그러니 처음이라고 부를 수 있는 거의 모든 것들을 나와 하고 있다며 공기처럼 당연하고 먼지처럼 사소한 일에도 일일이 기뻐했다. 내 경우는 곰곰이 세 번째 혹은 네 번째의 남자였는데 (연애의 정의를 어떻게 내리느냐에 따라 달라진다.) 상판이 멀쩡하지만 내면이 뒤틀어질 대로 뒤틀어진 씨발놈들만 골라 사귀던 지난 연애에서 얻은 교훈을 바탕으로, 이번에는 착실하고 멀쩡한 인간을 만나게 되었다는 환상이 깨어지는 데에는 오랜 시간이 걸리지 않았다.

*

곰곰과 사귀는 것도 모자라, 같이 살기까지 한 것은 실수였다.

곰곰의 집은 곰곰만의 집이 아니었고 1층의 우유배급소에 기생하던 바퀴벌레와 그리마와 바구미와 전래동화에 나올 것 같은 지네와 함께 공유하는 숙소 같은 곳이었다. 58평, 방 다섯 개의 연습생 숙소에서 여덟 명의 여자아이들과 함께 살던 나는, 15kg짜리 트렁크에 트레이닝복 몇 벌과 속옷을 싸 들고 곰곰의 집에 들어오면서 그보다 수백 배는 많은 수의 룸메이트를 얻게 되었다.

이런 곳에서 사람이 살아도 되는 거야?

나는 술에 취해 이불에 너부러진 곰곰의 등에 대고 외쳤다. 곰곰은 그러거나 말거나 옷을 입은 채로 코를 골며 잠만 잘 잤다. 반지하의 축축한 느낌은 그렇다 쳐도 도무지 정체를 알 수 없는 냄새 하며 태초의 빛깔을 완벽히 잃어버린 다갈색의 대우 냉장고와 피사의 사탑처럼 기우뚱해져버린 왕자 행거, 그 옆에 곰곰의 배보다도 더 뚱뚱한 골드스타 브라운관 텔레비전까지. 얘는 정말 생긴 것만 구질구질한 게 아니구나. 집 안을 구성하고 있는 그 어떤 물건도 구질구질하지 않은 게 없어서 나는 그것이 웃겼다. 한참을 웃다 보니 기분 좋게 취했던 술이 다 깨버려 혼자 편의점에 나가 소주 두 병을 사 왔다. 이럴 때면 술이 센 내가 싫다,는 생각을 할 때쯤 곰곰이 일어나 화장실로 달려가 문을 닫았다. 몇 번 구역질을 하더니 이내 잠잠해졌다. 안에서 잠이 들었나. 등이라도 두드려줄까 싶어서 화장실 문을 열자, 곰곰이 문에 딸려 나와 바닥에 쓰러졌다. 곰곰의 목에 샤워 타월이 감겨 있었다. 위액이 역류했기 때문인지 아니면 너무 세게 목을 졸랐기 때문인지 눈이 벌겋게 충혈돼 있고, 얼굴은 침과 눈물범벅이었다. 막 버려진 유기견 같은 곰곰의 꼴이 웃겨서, 나도 모르게, 시골 애들도 자살을 하니? 해버렸다. 곰곰은 화장실 문턱에 몸을 반쯤 누인 채로 대답했다.

나 한심하지.

응. 존나. 근데 사람이 다 한심하지 뭐.

있잖아, 나 정말 니가 필요해.

인터넷 소설 너무 많이 봤니?

정말 니가 필요해. 제발 옆에 있어줘.

왜 계속 반말해. 누나,라고 예쁘게 말해봐라.

그러거나 말거나 곰곰은 팔을 뻗어 내 손 위에 자신의 손을 포갰다. 그리고 잠시 아무 말도 하지 않다가 다시 눈을 감았다. 자는 곰곰의 얼굴을 보며, 나를 꽉 잡은 도톰하고 뜨거운 손을 보며 생각했다. 이거 불길한데.

나를 필요한 사람이라고 얘기해준 것은 그가 처음이었다.

기분이 이상했다. 그때까지 나는 언제든지 대체될 수 있는 종류의 것에 불과했다. 나보다 춤을 잘 추고 노래를 잘하고 예쁘고 존재감이 있는 애들은 넘쳐나게 많았다. 두 번에 걸친 데뷔조 발탁과 탈락이 내게 알려준 진실은 내가, 언제든지 대체될 수 있는 존재이며, 나의 가치를 똑바로 바라봐야지만이 진심으로 무너지지 않을 수 있다는 사실이었다. 그랬는데, 이상하게 도톰하고 못생긴 손이 내 손에 포개질 때마다 나는 살아가는 것이 무엇인지 새롭게 배우는 것 같은 기분이 들었다. 내가 살아왔던 세상과 내가 부유해왔던 현실로부터 한 순간에 밀려나 버렸을 때, 내가 단단히 뿌리내리고 있다고 믿었던 현실이 실은, 헬륨을 넣은 풍선처럼 이리저리 정처 없이 나부끼고 있다는 것을 깨달았을 때, 곰곰이 내 손을 잡아주었다. 나는 곰곰의 손을 잡는 것으로 말미암아 이전에 배우지 못했던 것을 배웠다. 현실은 하나도 정제되지도 아름답지도 다듬어지지도 않고, 일상을 살게 해주는 것은 그런 사소한 것들이라는 사실을.

그리고 그 후로도 나는 벌레를 무서워하는 곰곰 대신 햄릿이나, 영미시의 이해, 같은 책으로 바퀴벌레를 때려잡았다. 연말에 가요대상을 타는 나의 연습생 시절 친구들을 보며 나는 왜 최악의 남자를 골라서 사귀는 재주가 있는지 고민했다.

*

곰곰은 술을 잘 마시지도, 술을 좋아하지도 않으면서 매일 술을 자주 마셨다. 나로서는 술자리를 즐기는 게 아니라 정말 술 그 자체를 너무 사랑했으므로 곰곰과 상을 펴고 앉아 새우깡이며 라면 같은 것에 소주를 마시는 것이 싫지는 않았다. 곰곰은 그런 자신이 썩 싫었는지 술을 마실 때마다 뭔가를 때려 부셨고 그것은 대부분 자기 자신이었다. 아부지, 아부지, 사투리 섞인 탄식을 내뱉으며 벽에 머리를 찧거나 울며 피가 맺힐 때까지 손톱 거스머리를 뜯었다. 언젠가는 미안하다고 말하며 연신 자신의 뺨을 때리다 입술이 터져 피가 난 적도 있었다. 내가 알기로 곰곰의 집은 그냥 평범한 쌀 농가에 불과한데, 내가 떠올릴 수 있는 농촌의 가정이란 얼굴이 흙빛이 될 때까지 논에 쪼그려 앉아 땀을 줄줄 흘리며 일을 하고 집에 들어와 막걸리를 나눠 마시는, 나이를 종잡을 수 없는 선량한 부부가 나오는 장면이 고작이었기에 쟤네 집 아빠가 막걸리를 마시고 가족들을 존나 팼나, 왜 저러지, 하는 마음만 들었다. 난 쟤처럼 완전 구제불능은 아니라 좀 다행이다는 생각이 들 정도로 스스로를 너무 괴롭혀, 화가 나다가도 묘하게 불쌍했고, 불쌍하다가도 정말 안 되겠다 싶다는 마음이 들게 했다. 번번이 내 손을 잡고 네가 있어 다행이야, 말해주는 곰곰을 볼 때마다 얘랑 헤어지고 나면 같이 연습생 생활을 하던 연예인들의 뒷담화를 들어줄 사람도 없겠구나 하는 생각이 들었다. 그건 싫어. 그리고 무엇보다 맨날 같이 술 마셔줄 사람이 없겠구나, 그럼 정말 하루 종일 할 게 하나도 없겠구나, 하는 생각이 들어 쌌던 가방을 다시 풀곤 했다. 내가 순진했다.

*

곰곰이 차라리 나를 때렸으면 좋겠다는 마음을 가졌던 건 두 번째로 응급실행 엠뷸런스를 탔을 때였다. 날 때리지. 차라리 날 찌르지. 그럼 좀 홀가분하고 마음 편히 떠날 수 있을 텐데. 먼젓번에는 락스와 샴푸를 섞어 마시는 정도의 애교 섞인 자살 시도를 했던 곰곰은 좀 더 진지해져 볼 생각이 들었는지 술에 취해 사과를 깎아 먹겠다고 하고선, 손목을 여섯 번쯤 그었다. 대부분은 그냥 헛발질에 불과했으나 마지막에 너무 과도한 결의를 다져 깊게 그어버린 탓에 손바닥으로 이어지는 신경이 두 개쯤 끊어졌다고 했다. 나는 지면 광고를 찍어 받은 한 줌의 돈을 곰곰의 수술비로 썼다. 곰곰은 그제야 정신을 좀 차렸는지 일주일에 여덟 번씩 먹던 술을 네 번 정도로 줄이고, 손에 깁스를 한 채 종로의 어학원으로 나가 강사 일을 하기 시작했다.

*

술을 줄이자 없던 불면증이 생긴 곰곰은 자주 밤을 샜다. 자다가 누가 건드리는 것 같은 기분이 들어 눈을 떠 보면 아둔한 형태로 앉아 있는 곰곰의 얼굴이 보였다. 내가 살려달라고, 계속 외쳤다고 했다. 살려주세요. 살려주세요. 시간은 새벽 세시. 나는 텔레비전을 틀어, 볼륨을 줄이고 재미도 없는 예능 프로그램을 봤고 곰곰은 상을 펴고 앉아 영문법서를 봤다. 나의 첫 번째 남자였던 교포 씨발놈이 마약 유통 혐의로 구속 수사를 받고 있다는 단신이 흘러나왔고 나는 은은한 미소를 지었다. 나는 박스째로 싸게 산 귤들 중 곰팡이가 슬지 않은 것을 골라 껍질을 깠다. 과육이 너무 달아서 반만 먹고 나머지 반은 곰곰의 입에 집어넣었다. 곰곰이 무릎이 시리다고 해 등을 맞대고 앉아 이불을 나눠 덮었다. 겨울에도 방은 어김없이 축축했는데 이상하게 피부는 갈수록 건조해져 고농축 수분 크림이며 립밤 같은 것을 찍어 발라봐야 아무 소용이 없었다. 곰곰도 마찬가지였는지 우리는 하얗게 일어나는 피부를 함께 연신 긁어댔다. 정신을 차렸을 땐 나와 곰곰의 온몸에 묘한 형태의 발진이 돋아나 있었다. 우리는 발진을 우리들의 자식이라고 생각하기로 마음먹고 이름을 붙여주었다. 눈송이 1. 2. 3. 4. 눈송이를 오십 개까지 새다 만 우리는 결국 참지 못하고 피부과에 갔다. 전염병은 아니고 건선의 일종이라고 했는데, 면역기의 문제인 것 같다고 했다. 스트레스와 건조하고 먼지가 많은 환경을 조심하라고 했는데 가난하면 그중 어떤 것도 피할 수 없다는 것을 우리는 너무나도 잘 알고 있었다. 곰곰과 내가 극세사 이불을 덮고 누워 서로에게 긁지 마, 긁지 마, 말하는 날들이 늘었다. 안간힘을 다해 간지러움을 참다 견디지 못하면 등을 한참 동안 부비다 결국 스테로이드 연고를 발라주곤 했다.

그렇게 해가 바뀌고 곰곰은 스물넷이, 나는 스물다섯이 되었다.

그 여름 기획사의 캐스팅 디렉터로부터 연락을 받았을 때에 나는 한남동의 한 카페에서 설거지를 하고 있었다. 내가 연습생을 시작할 때 수습사원에 불과했던 그녀는 어느새 대리가 되었다고 했다. 열일곱 살이었던 내가, 스물다섯 살이 되었으니, 당연한 것일지도 몰랐다. 그녀는 마치 고향의 친동생을 대하듯 살가운 말투로 말했다. 재고처럼 남아버린 연습생들을 대상으로 새로운 아이돌 그룹을 꾸리는 프로그램이 론칭된다는 소식이었다. 나에게 출연 제안을 하며, 내 경우는 유명 걸그룹 데뷔조에 발탁됐다 탈락한 후, 지금은 아르바이트로 연명하는 캐릭터로 프로그램에 투입이 될 것이며 집중도가 높을 것이라고 했다. 운이 좋으면 데뷔를 할 수도 있을 것이라는 말도 덧붙였다.

우리가 왜 굳이 너를 불렀겠니. 너 가능성 있어. 잘하잖아.

잘하면 왜 잘랐대. 전화를 끊고 중얼거렸다.

*

서바이벌 오디션에 나가기 전에, 몇 가지 피부과적 시술과 라미네이트 수술을 받기로 결정했다. 곰곰에게 방을 나가겠다고 선언했다. 곰곰은 특유의 곰곰한 자세로 곰곰이 생각하더니 순순히 방을 알아보겠다고 했다. 나는 다음 학기 등록금을 하기 위해 모아놓은 돈을 선금으로 걸어 앞니 여덟 개를 인조 치아로 교체했다.

거울 앞에 서서 웃어보니 이가 하얗다 못해 푸르게 보였다. 그래서인지 술을 자주 마셔 원채 노르땡땡한 내 낯빛이 훨씬 더 노랗게 보였다.

*

곰곰에게는 압구정에 있는 이모네 집에 들어간다고 했다. 압구정에 살았던 이모는 삼 년 전 아파트를 정리하고 양평으로 갔다. 곰곰의 집에 있던 내 옷가지 대부분을 박스에 싸서 집에 부쳤다. 칫솔과 샴푸와 헤어드라이어와 패딩 몇 벌과 당장 입을 간절기의 옷 몇 벌들과 속옷들을 차곡차곡 캐리어에 넣었다. 겨울까지 촬영이 이어질 수 있으므로 접으면 부피가 작아지는 패딩 점퍼를 돌돌 말아 캐리어의 맨 밑바닥에 넣었다. 곰곰은 연신내의 원룸을 구했다고 했다. 쉬이 잠이 오지 않았다. 곰곰은 여느 때처럼 코를 골며 잘만 잤다. 우리가 같이 손을 잡고 자지 않은 때가 언제부터였더라. 자는 곰곰의 얼굴을 바라보았다. 손목의 상처를 만져보았다. 단단한 조직을 따라 여러 번 지문을 문질렀다. 우리가 다시 나란히 누울 일은 이제 없겠지.

나는 압구정 대신 서바이벌 오디션이 열리는 일산의

한 대형 세트장으로 향했다.

*

　나는 방송이 시작된 후 4회만에 탈락했다. 높지도 낮
지도 않은 순위였다. 춤과 노래의 기본기가 단단한 편
이지만 시선을 끌만한 특별한 매력이 부족하다고 했다.
당연한 결과였다. 열 몇 살의 아이들 사이에서 내 얼굴
은 퍽 우울하고 나이 들어 보였다. 피부톤과 맞지 않은
치아 때문인 걸까. 계절이 바뀔 것을 대비해 싸 갔던 두
꺼운 겨울용 외투를 꺼내지 못하고 그대로 다시 트렁크
를 쌌다.

*

　마지막 무대의 녹화가 시작되었을 때, 나는 내가 탈
락할 것을 직감하고 있었다. 애초에 스타, 라는 허황된
꿈을 꿀 정도로 자기 객관화에 소질이 없는 사람이
만, 이곳이 내게 마련된 자리가 아니라는 것을 알 정도
로의 경험이 쌓이기는 했다. 아마도 오늘이 내 인생 마
지막 무대가 될 것이다, 마음먹으며 자꾸만 빨라지는
호흡을 조절하기 위해 노력했다. 갑자기 무대의 조명이
켜졌고, 나는 깜짝 놀라 눈을 감았다. 양손을 뻗어 눈을
가리고, 감았던 눈을 살짝 떴다. 손가락 사이로 새어 드
는 조명이 보였다. 어쩌면 내 인생의 마지막 조명이 될

지도 모를 일이었다. 예상치 못하게 갑자기 눈이 시리고 코가 시큰거리기 시작했다. 어라, 이게 뭐야. 청승맞게, 뭐하는 짓이지. 자꾸만 눈물이 날 것 같아 웃긴 생각을 하려 노력했다. 텅 빈 머릿속에 정체를 알 수 없는 목소리가 울려 퍼지기 시작했다. 언젠가 들어본 적이 있는 대사였다.

밤하늘의 별을 의심하지 마시오.

태양의 움직임을 의심하지도 마시오.

비록 진리를 허위라 의심해도,

나의 사랑을 의심하지는 마시오.

사랑하는 오필리어여, 나는 비록 시에는 서투를지 모르나,

오직 한없이 그대를 사랑하오.

이 마음 부디 믿어주기를.

안녕히. 이 생명 죽을 때까지 목숨 바쳐 사랑하는 그대여.

이 몸도 마음도 그대의 것이오.

손가락 사이로 빛이 새어 들었다. 언젠가 누군가 이 손을 잡아줄 때가 있었다.

곰곰.

나의 햄릿.

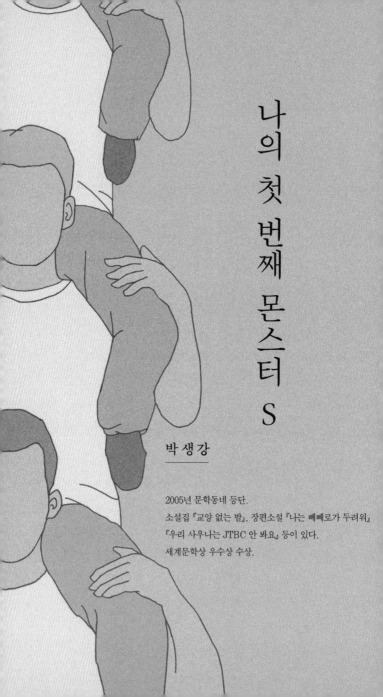

나의 첫 번째 몬스터 S

박생강

2005년 문학동네 등단.
소설집 『교양 없는 밤』, 장편소설 『나는 빼빼로가 두려워』
『우리 사우나는 JTBC 안 봐요』 등이 있다.
세계문학상 우수상 수상.

운전석에 앉은 미키는 충남의 한 사립대 수학 교수 임용을 앞두고 있었다. 조수석에 앉은 나는 자일리톨 껌을 질경대며 창밖만 바라보았다. 회백색 도시의 풍경이 지나갔다. 사람들, 보도블록, 간판, 은행나무 가로수까지 회색이었다.

물론 진짜 그렇다는 의미는 아니었다. 차창 밖의 세상은 사실 컬러풀했다. 붉은색에서 비파 열매 색깔까지 이런저런 색으로 염색한 행인들이 심심찮게 지나갔다. 여성들의 구두 역시 검정에서 핑크, 올리브색에서 노골적인 골드까지 다양했다. 행인들의 발에 밟히는 은행잎 역시 짙은 노랑이었다. 허나 내 눈에는 차창 밖으로 보이는 그 모든 것이 회색빛이었다. 모든 의식이 과거의 한 사건에 집중될 때 현재의 빛깔이 의미 없이 사라지는 것처럼.

어쩌면 저 행인들 중 몇몇은 나나 미키 같은 고민에
빠진 사람인지도 모르겠다. 국정원입니다, 라는 문장으
로 시작하는 메시지를 받은 사람들이 한둘이 아니라고
했다.

늦가을 평일의 오후였다. 미키와 나는 우리가 이십
년 전에 낳은 괴물을 만나러 가는 길이었다.

"그때 나는 왜 그렇게 눈을 뜬 거지?"

미키가 한숨을 내쉬었다.

"파버리고 싶어."

낮은 소리로 대답까지 했다.

그녀를 교수님이 아닌 미키로 인식하는 사람은 이제
나밖에 없었다. 어쩌면 그녀 스스로도 그 시절을 깨끗
이 잊어버렸을지 몰랐다. 미키가 나를 '우동사리'라고
부르지 않는 걸 보면.

우리는 같은 재단의 남녀 중고등학교를 다녔지만 화
상 채팅 친구로 처음 만났다. 첫 캠 카메라가 등장하고
우리의 얼굴을 극한의 '뽀샤시' 셀카로 찍어대던 시절
이었다.

왜 그때 우동사리라는 닉네임을 지었는지 기억은 나
지 않았다. 그때 내가 '국물이 끝내줘요!'라는 유행어를
남겼던 여배우를 좋아하기는 했다. 그게 우동사리라는
닉네임과 관련이 있는 걸까? 나에 대한 기억은 희미하

지만 캠 채팅 화면으로 본 미키의 바람을 불어넣은 볼은 지금도 떠오른다. 우스꽝스러운 추억이었다. 그리고 지금은 그에 대해 말을 할 분위기도 아니었다. 혹은 고교 시절 미키가 귀여운 쥐새끼 같은 인상이었다고 말한들 그녀가 위로받을 상황 역시 아니었다.

미키와 달리 나는 상암동 월드컵경기장에 있을 나의 괴물과 마주하는 일이 겁나지는 않았다. 오히려 지금은 될 대로 되시라는 심정이었다. 고교 시절 나는 더벅머리에 피부는 칙칙하고 코밑을 덮은 수염이 흉했다. 만성 비염이어서 목소리까지 더러웠다. 하지만 컴퓨터 캠에 비친 내 얼굴은 캠 카메라의 각도만 잘 맞추면 꽤 그럴싸했다. 턱은 뾰족하게 변하고 눈은 커졌다. 안타깝게도 대부분의 몬스터 S가 잘 나온 캠 사진과 닮은 모습으로 부활하는 경우는 거의 없다고 했다. 그렇더라도 내가 기억하던 칙칙한 과거의 나보다야 캠 화면 속의 우동사리가 나을 것도 같았다.

"공식과 정답이 존재하는 순간 아니고, 지금 이 순간 우리가 처한 미지수의 블랙홀을 탈출하는 방법이 필, 요, 하, 다, 고."

SM 아이돌 광팬 출신답게 미키는 가끔 이상한 어휘들을 조합해 투덜거렸다. 그건 그나마 지금의 수학과 전임 강사에게 화석처럼 남아 있는 내가 아는 미키의 모습이었다. 나는 팔짱을 낀 채 고개만 푹 숙였다. 미키는 나의 일상사에 별로 관심이 없다. 나도 미키에게 관심이 없어진 지 오래였다. 다만 우리 두 사람은 같은 날 국정원에서 각자의 몬스터 S가 나타났다는 연락을 통보받았을 따름이었다.

"그거 알아? 누군가는 몬스터 S를 데려가자마자 살처분 한다더라."

오늘 아침 페이스북에서 본 게시글이었다. 처음 몬스터 S가 나타난 이후 SNS에는 그에 대한 게시물이 붐을 이루었다. 이십 년 전 '쎈척'하고 '귀척'하던 화상 채팅 영상들이 살아 있는 모습으로 부활했다. 물론 그들이 어떤 형태로 현실로 돌아왔는가는 진정 랜덤이었다. 나의 SNS 친구들이 몬스터 S에 호기심보다 공포를 느끼는 건 그런 이유에서였다. 단순히 아이라인 진한 눈을 깜빡이는 여자애나 셔츠 단추를 세 개쯤 푼 살찐 남자애라면 추억으로 봐줄 법도 했다.

부활한 것은 간직할 만한 A컷이 아니라 B컷 이하에 가까웠다. 그들은 대개 당사자는 기억하지 못하는 추악하고 볼썽사나운 몰골이었다. 밑에서 찍힌 얼굴이나 신체 부위가 요상하게 찍힌 그런 사진들이 살아났다. 혹은 일부러 흰자위가 보이게 치뜨거나 스타킹을 뒤집어 쓴 강도처럼 표정을 찌푸린 사진들이 살아났다. 그들은 그 못난 모습으로 괴상한 소리로 울부짖거나 킥킥거렸다.

미키는 국정원의 연락을 받은 후 컴퓨터 하드디스크를 뒤져 예전의 하두리 사진들을 찾아본 모양이었다. 캠 카메라로 찍은 사진 중 미키 본인이 보기에도 괜찮다 싶은 포즈와 얼굴들을 추려내 저장한 폴더였다. 미키는 그 폴더를 거의 십 년 만에 열어 보고 절망했다.

　　"그때는 내가 봐도 괜찮다 싶은 사진들을 저장했어. 하지만 다시 보니까 정말 최악인 거야. 저능하게 느껴져. 그 사진도 그런데 차마……."

　　미키는 몇 년 만에 내게 전화를 해서 땅이 꺼져라 한숨을 내쉬었다. 박사 논문 탓에 몰골이 말이 아니었을 때도 그 정도로 괴로워하지는 않았다. 물론 그때나 지금이나 미키는 여전히 내 사생활에는 관심이 없었다. 나는 미키가 박사 논문을 쓸 당시에 사귀었던 연인과 헤어진 지 겨우 며칠이었다. 그리고 미키가 전화를 걸어오기 몇 시간 전에 낯선 문자메시지를 받았다.

　　국정원입니다. 당신의 몬스터 S가 나타났습니다. 채집 장소는 뚝섬유원지 2번 출구 계단 아래입니다. 상암 월드컵경기장에 보관 중이니 찾아가시기를 바랍니다. 한 달 후에는 폐기합니다.

　　몬스터 S의 S는 'Selfie'의 약자가 아닌가 싶었지만 확인된 바는 없다. 앞에 붙은 몬스터는 무리하게 귀여운 척하는 존재들이 살아 있더라도 인간이라 부르기 힘들어서일 터였다. 무엇보다 국가가 지정한 주민등록번호를 발급받지 못했다. 그러니 국정원에서 당당하게 채집이니 보관이니 폐기니 하는 용어를 쓰는 거겠지. 하지만 그들은 지문을 지녔다. 지문 감식으로 나와 미키 같은 그들의 창조주 추적이 가능해졌다.

나는 으르렁대는 미키에게 상암동 월드컵경기장에 가지 않겠느냐고 제안했다. 대부분의 사람들이 그런 것처럼 나와 미키도 몬스터 S가 두렵고 끔찍했다. 허나 국정원에서 나의 지문과 동일한 지문을 갖춘 유일한 존재를 폐기하는 걸 두고 보기는 힘들었다. 몬스터 S를 데려올지 아니면 없애버릴지에 대한 판단은 차후의 몫이었다.

어떤 이들은 몬스터 S를 입양해 본인의 SNS에 그 사진을 올렸다. 물론 눈과 젖꼭지, 혹은 그 외에 민망한 신체 부위는 포토샵으로 처리한 사진이었다. 그들은 창조주인 우리 인간들보다는 작았다. 얼굴과 손바닥은 크고 다른 신체 부위는 퇴화한 케이스가 대부분이었다. 그렇기에 반려동물보다 조금 더 큰 몸집 정도였다.

보면 볼수록 행복감을 안겨주는 반려동물과 달리 몬스터 S는 창조주의 삶을 짓밟았다. 비단 공허하게 큰 눈과 거의 퇴화해버린 것만 같은 턱, 어벙한 미소 때문은 아니었다. 괴성을 지르거나 킬킬대는 몬스터 S는 미처 깨닫지 못한 헛된 과거들을 각인시켰다. 결국 몬스터 S를 입양한 이들은 제2의 사춘기를 경험하거나 이미 완치 판정받은 우울증이 재발하는 경우가 허다했다. 상대방의 몬스터 S에 질겁해 파트너가 이별을 선언하기도 했다. 그들 중 몇몇은 SNS 상의 친구들에게 몬스터 S를 국정원에서 폐기할 때까지 외면하라고 조언했다.

물론 몬스터 S 폐기 청원 같은 글이 웹상에 올라오는 경우는 없었다. 대신 SNS에 몬스터 S가 태어난 이유에 대한 음모론이 돌았다. 많은 이들이 국정원을 문제의 원흉으로 지적했다. 지금 이 시대에 딱히 할 일 없는 곳으로 전략해버린 국정원이야말로 새로운 존재감이 필요했을 거라는 주장이었다. 누군가 지금의 몬스터 S가 우리의 십 대 시절 셀피를 채집해서 설계화한 후 제3세계 수준의 임금으로 부려먹을 수 있는 북한 출신 과학자들을 데려와 최신 기술로 만들어 낸 사이보그라고 주장했다. 협박과 사업, 양손의 떡이었다. 실제로 몬스터 S를 만나려면 일정액의 금액을 지불해야 했다. 국정원에 폐기를 맡겨도 그에 합당한 금액을 지불해야 했고. 이건 뭐 날강도가 따로 없었다. 누군가는 트위터에 그렇게 글을 올렸다.

국정원, 너네가 사람들의 과거를 고철로 사고파는 고

물상이냐!

반면 국정원이 아닌 유전공학자들이 복제 인간 실험 후 몰래 내버린 폐기물이라는 음모론도 등장했다. 이들의 주장에 따르면 몬스터 S는 B컷 셀피와는 상관없었다. 실은 국가가 은연중에 채집한 우리의 DNA로 실험하다 실패한 복제 인간에 불과했다.

그 외에도 수많은 음모론이 등장했지만 열렬한 '좋아요'와 반박 의견 댓글에 조리돌림 당하다가 흐지부지 사라졌다. 다만 한 가지만은 틀림없었다. 웹 상에서 몬스터 S는 가상에 가까운 실체지만 현실에서는 나의 시체에 가까운 실체라는 것.

그럼에도 불구하고 사람들은 몬스터 S를 찾아갔다. 호기심과 공포, 알 수 없는 책임감, 혹은 약간의 희망이 섞여 있는 그림자를 질질 끌고 가는 발걸음일 터였다.

어느덧 우리도 상암 월드컵경기장 앞에 도착했다. 주차 후에 미키는 고개를 숙이고 잠시 하나님에게 기도한 후 나직하게 내뱉었다.

"나는 그 아이를 폐기할 거야."

"아이라니?"

"아니, 아이는 아니지. 그냥 대학에서 강의하다 보니 아이라는 말이 자꾸 입에 붙어. 요즘 애들이 어디 덩치만 컸지 어른이니, 애지. 하여간에 몬스터 S 그건 그냥

이도 저도 아닌 나의 첫 번째 괴물이잖아. 나의 헛된 시절이니까. 그렇게 결정했어."

"그럼 올라갈 필요도 없잖아. 내가 대신 가서 폐기 금액 결제하고 올게. 페이스북에 올라온 '몬스터 S, 간단히 처리하는 법'을 읽어보니 그래도 된다더라. 혹시 너도 그 글을 본 거 아니야? 이야, 나, 네 대리인이네. 얼른 카드나 주시지?"

미키는 입을 다문 채 안전벨트를 풀었다. 그리고 핸드백에서 선글라스를 꺼냈다.

우리는 월드컵경기장 앞을 지키는 국정원 직원에게 주민등록증을 제출하고 입장 허가를 받았다.

"두 분의 정보는 저희가 철저하게 보안을 유지합니다."

검정 정장을 입은 국정원 직원은 우리에게 싱긋 미소까지 지었다.

"뉘에, 어련하시겠어요."

미키는 그리 말하고서 앞장서서 검색대를 통과했다.

우리는 월드컵경기장으로 들어섰지만 경기장 내부로 들어가지는 못했다. 두 명의 국정원 직원이 복도를 따라 우리를 안내했다. 굳게 잠긴 경기장 출입구 안쪽에서 요란한 소리가 들려왔다. 개구리들의 울음소리를 녹음한 음성 파일을 몇 배 속으로 빨리 돌리는 것만 같았다.

나와 미키가 안내받은 장소는 경기장 안쪽이 아닌 복
도 깊숙한 곳에 위치한 밀실이었다. 각각 다른 문을 열
고 들어가기 전 우리는 고개를 돌려 서로를 바라보았
다. 그때 나는 미키에게서 불안을 공유한 오랜 벗의 우
정 같은 것을 잠시 느꼈다.

  "울지 마, 우동사리."

  미키가 한쪽 입술을 삐죽거리며 그렇게 말했다.

  밀실 안에서 나는 상상했던 그 이상의 몬스터 S와 마
주했다. 놀랍게도 기억 속의 캠 사진보다 훨씬 더 수려
했다. 심지어 나보다 키가 더 컸다. 더구나 몸 전체에
은은한 후광이 덮여 녀석에게서 일종의 신성함까지 느
껴졌다.

  그때 건너편 방에서 미키의 울부짖는 울음소리와 그
를 비웃으며 날뛰는 듯한 괴물의 웃음소리가 들려왔다.

  국정원 직원이 자그마한 목소리로 내게 속삭였다.

  "축하드려요. 백만 년에 한 번 나올까 말까 한 행운아
이시네요. 나라면 당장 SNS에 인증 사진을 올리겠어
요."

  "저보다 키가 크네요."

  "그거 하나만으로도 축복이죠. 다들 여기서 끔찍한
광경과 마주합니다. 어제 온 시민은 사타구니 사이로
고개를 내밀고 꽈배기처럼 걷는 괴물을 만났습니다. 심
지어 머리 대신 귀를 덮는 새기컷 남성기의 괴물과 마

주한 시민도 있죠. ……생각보다 많습니다."

나는 국정원 직원의 말을 들으며 고개를 끄덕였지만 남들이 뭐 그러거나 말거나였다.

나는 그저 내 유전자에서 저런 방식의 긍정적인 확장이 가능하다는 것이 놀라울 지경이었다. 하지만 녀석은 내가 아니고 내 아들도 아니고 기껏해야 내가 흘린 환상에 불과했다. 하지만 나는 어느새 녀석에게 다가가 인자한 아비처럼 두 팔을 내밀고 있었다. 녀석은 팔짱을 낀 채 우아한 움직임으로 오른쪽 다리를 들어 올리며 발목을 꺾고 있었다. 곧이어 나는 경멸의 표정을 지으며 양팔을 치켜들고 공중으로 점프하는 괴물과 마주했다.

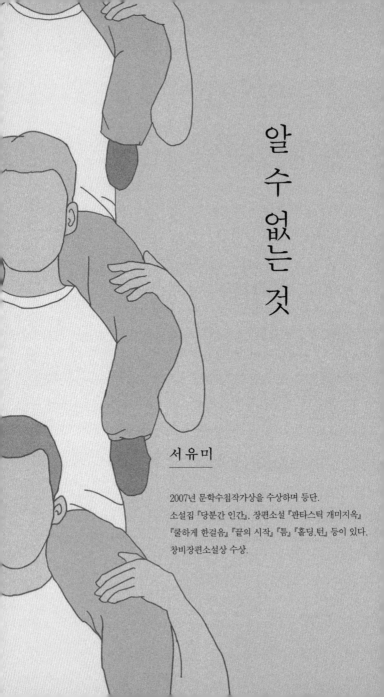

알 수 없는 것

서유미

2007년 문학수첩작가상을 수상하며 등단.
소설집『당분간 인간』, 장편소설『판타스틱 개미지옥』
『쿨하게 한걸음』『끝의 시작』『틈』『홀딩,턴』 등이 있다.
창비장편소설상 수상.

동료들과 점심을 먹은 뒤 카페에서 커피를 마실 때까지는 괜찮았다. 화장실에서 손을 씻다가 거울에 비친 얼굴을 봤을 때 마음이 약간 출렁거렸다. 카페 밖으로 나온 다음부터 숨이 조금 막힌다는 기분이 들었다. 시원한 실내에 있다가 33도를 육박하는 한낮의 거리로 나왔으니 당연한 거라고 생각했다.

사무실 쪽으로 걸어가며 동료들은 이어지는 무더위와 여름휴가에 대해 얘기했다. 어디에 가서 무엇을 해야 이 지독한 시간을 지나갈 수 있을지 다양한 의견이 오갔다. 오늘도 얘기는 밥을 먹고 커피를 마시기에는 점심시간이 너무 짧다는 푸념으로 마무리됐다. 그건 사무실에 거의 다 왔다는 의미기도 했다. 옆에서 걸으며 오가는 얘기를 들었지만 사실 나는 어떤 것도 제대로 듣지 못했다. 속이 울렁거리고 식은땀이 났다.

건물 입구에서 멈춘 뒤 먼저 들어가세요, 조금 있다가 갈게요, 했다. 동료들이 어, 그래요, 하며 엘리베이터 쪽으로 걸어갔다. 맞은편에서 테이크아웃 음료를 든 사람들이 무리를 지어 왔다. 회사로 돌아가는 사람들은 머리 위에 해를 지고 다니는 것처럼 눈을 찌푸렸다. 나는 몸을 돌려 해를 등진 채 걸었다. 발 밑에 짤막한 그림자가 생겼다.

더위를 먹었거나 점심 메뉴였던 쌀국수가 얹힌 것 같았다. 약국에서 소화제나 한 병 사야겠다고 생각하며 걸었다. 자리에 앉아 멀쩡한 얼굴로 일할 엄두가 나지 않았다. 약국 봉투와 소화제가 있으면 조금 늦어도 되겠지. 주먹으로 명치끝을 몇 번 두드렸다.

아침에 출근해서 업무 메일을 확인하고 급한 일을 처리하는 동안 오전이 지나갔다. 점심 뭐 먹을까. 동료들과 메신저로 몇 마디 주고받는데 예전 회사 동료가 보낸 청첩장이 도착했다.

그 회사에서 친하게 지내던 사람들과는 소원해졌지만 사무적인 관계를 유지하던 그녀와는 드문드문 소식을 주고받았다. 그녀는 여전히 그곳에서 일했고 언제나 먼저 연락했다. 예전 동료들의 근황도 그녀를 통해 전해 들었다. 소식이 뜸하면 나는 연락 올 때가 됐는데,

하며 궁금해했다. 그건 그녀에 대한 것이기도 했지만 옛 동료들에 대한 궁금증을 포함했다.

그녀가 평소에 연애나 애인 얘기를 하지 않아 결혼 소식은 뜻밖이었다.

– 축하해. 꼭 갈게.

– 그 전에 다들 한번 모여야지. 이제 큰일 아니면 모이기 힘들잖아.

그녀와 통화하거나 그 회사에 다니던 사람들과 만날 때마다 어쩔 수 없이 알지 생각이 났다.

회사에 다니는 동안 알지와 나는 연인으로 지냈다. 그에게도 본명이 있지만 우리 사이를 아는 동료들은 모두 그를 알지라고 불렀다. 알지. 다 알지. 그건 연애를 시작할 무렵 그가 내 책상 위에 올려놓은 유산균 음료 뚜껑에 붙어 있던 쪽지 때문이었다.

먹고 힘내. 내 마음 다 RG♥

옆자리의 김 대리가 나보다 쪽지를 먼저 발견했다. 나는 유산균 음료를 먹지 않았고 사무실에 건강 음료를 배달하시는 분들은 종종 책상을 혼동했기 때문에 김 대리는 자신의 것인 줄 알고 집어 들었다. 그녀는 앞의 문장은 속으로 읽고 다 RG만 소리 내어 발음했다. 다 알지? ……누구야? 화장실에서 돌아와 자리에 앉으며 나는 주위를 둘러보았다. 사무실 왼쪽 파티션 너머에서 이쪽을 바라보는 그의 얼굴이 붉어졌다. 왜 RG만 알파

벳으로 썼는지 모르겠지만 두 개의 철자가 유독 커 보였다. 그 뒤로 영문을 아는 사람이나 모르는 사람 모두 그를 다 알지, 줄여서 알지라고 부르기 시작했다.

유산균 음료 이후에도 알지는 커피나 간식거리를 쪽지와 함께 책상 위에 올려놓았다. 내 마음 다 RG. 말미에는 언제나 그렇게 적었다. 그는 사람들이 자신을 알지라고 부르는 것에 대해 별로 신경 쓰지 않았다.

작은 규모의 회사였고 사내 연애를 금지하는 분위기가 아니라 나와 알지는 사무실에서도 손을 잡거나 어깨에 팔을 두르는 스킨십을 자주 했다. 사람들은 그런 우리를 부부라고 놀렸고 그에 부응하듯 우리는 서로를 여보라고 부르며 장난쳤다. 농담에 동참한 동료들이 우리의 아주버니나 처형, 처제가 되었다.

결혼 여부나 애인 유무와 상관없이 사람들은 나와 알지를 부러워했다. 알지는 다정하고 나는 쾌활했고 같이 있을 때면 우리는 늘 몸의 한 부분을 맞댄 채 지냈다.

그 연애가 끝난 뒤 나는 회사를 옮겼고 알지는 일 년쯤 더 다녔다. 퇴사 이후에 알지의 소식은 그녀를 통해 전해 들었다. 그 회사에 다니는 동안 알지는 연애를 하지 않았고 이직한 뒤 새로운 회사의 동료와 만나는 모양이라고 했다. 그 소식을 전하며 그녀는 알지가 의리를 지킬 줄 안다고 칭찬했다.

알지와 헤어진 뒤로 삶의 어떤 순간마다 그를 떠올렸

다. 그녀가 일깨워주지 않아도 알지가 의리파에 괜찮은 사람이었다는 걸, 알지와 헤어진 게 인생의 큰 실수라는 걸 알았다. 이전에도 이후에도 그처럼 이해심 많고 다정한 사람은 만나지 못했다. 그가 완벽한 사람이어서가 아니라 연인 관계가 되면 사람들은 너무 빨리 민낯을 드러냈다. 네가 편해서 그런 거라고, 우리가 가까워졌기 때문에 이럴 수 있다는 말로 포장했지만 그 얼굴은 대체로 지저분하고 이기적이었다.

옛 동료들이 모일 때 나와 알지는 한 번씩 불참하는 식으로 마주치는 걸 아슬아슬하게 피했다. 그녀의 결혼식에서는 그러기 힘들 것 같았다.

─ 누구누구 불렀어?

그녀의 대답을 기다리며 뷔페식당에서 접시를 들고 알지의 동선을 살피는 상상을 했다. 축의금을 미리 건네고 가지 말아야겠다는 생각이 들었다. 뜻밖에도 그녀가 호명하는 이름 중에 알지는 없었다.

─ 알지는 안 부를 거야?

알지? 되묻더니 그녀는 한동안 말이 없었다.

─ 그때 내가 연락 안 했나. 한 달 전쯤에.

한 달 전이라, 그때 무슨 일이 있었나. 머릿속을 뒤져봤지만 떠오르는 게 없었다.

─ 그때 알지 갑자기 그렇게 돼서 장례식장에 갔었는데…… 자기한테는 연락 안 했구나.

- 알지가 어떻게 됐는데.

- 갑자기 죽었다고 연락받아서 갔어. 자기한테는 꼭 알렸어야 했는데. 미안해.

그녀는 뒷말을 잇지 못했다. 새벽에 발견하고 급히 옮겼다고 해서 사고인 줄 알았는데 장례식장에 가 보니 분위기가 다르더라고 했다. 친척들이 앉아 있는 테이블에서 유서가 발견되었다는 얘기가 떠돌았다. 그들 중 누군가 젊은 놈이 아깝다며 큰 소리로 울었고 조문간 동료들은 당황해서 조용히 육개장 그릇만 비우고 나왔다. 몇 사람은 술을 마시러 가고 자신은 멍하게 지하철을 타고 돌아온 것만 기억난다고 했다.

- 잘 지내는 줄 알고 있었거든.

그녀는 침울하게 덧붙였다. 청첩장과 결혼 축하 모임 같은 애초의 통화 목적은 잊은 채 전화를 끊었다.

모니터에는 회사 동료들이 메신저로 주고받은 대화가 수북이 쌓여 있었다. 위로 올라가 읽지 않고 결론만 확인했다. 베트남 쌀국수. 그건 처음에 내가 제안한 메뉴였다. 그게 먹고 싶었던가. 맹렬하던 배고픔이 일시에 삭제되었다.

약국에 가려면 대로 쪽으로 나가야 하는데 멍하게 걷다가 지나쳤다. 회사 근처 골목을 한 바퀴 돌았다. 한시 이십분은 양치질까지 다 마친 사람들이 자리에 앉아 오후 업무를 시작할 시간이었다. 지갑과 휴대폰을 쥔 손에 땀이 배어 오른손에서 왼손으로 바꿔 들었다. 소화제를 사러 약국에 가느라, 잠깐 병원에 들렀다 오느라 좀 늦는다고 팀장에게 메시지를 보낼까 고민하다 그만두었다. 속은 갑갑하고 금방이라도 토할 것 같았다.

헤어진 뒤로 알지와 나는 알은 체도 하지 않고 연락을 주고받는 일도 없었다. 우리는 오래 전에 서로의 세계에서 사라진 상태였다. 알지는 그녀의 연락 속에서만 잠깐씩 등장했다. 회사를 옮기고 새로운 연애를 하고 얼굴에 살이 좀 올랐다는 짤막한 이야기 안에서 그는 잘 사는 것 같았다. 다른 표정은 짐작하기 어려웠다.

만나는 동안에도 알지는 언제나 옆에 있었으므로 그의 표정을 살필 일이 별로 없었다. 내가 웃으면 그도 웃고 있다고 믿었다. 이따금 시소처럼 서로의 감정이 반대로 오르내렸으나 대체로 같은 선상에 놓여 있다고 여겼다. 연인으로 지내는 일 년 동안 우리는 대체로 사이가 좋았다. 나는 대체로 알지를 사랑했다. 알지를 이루는, 알지가 가진, 알지와 관련된 것들을 대체로 긍정했다. 그와 연인이 된 것이 대체로 행복했고 그와 함께 있으면 대체로 편안했다. 알지는 대체로, 에 집중하는 사람이었고 나는 점점 대체로, 를 제외한 것에 신경이 쓰였다. 아무거나 다 좋아, 어물쩍 넘어가는 그의 우유부단함, 느리고 조심성 없는 성격, 실없이 아무 때나 터지는 웃음이 마음에 들지 않았다.

왜 웃어? 그게 웃겨? 뭐가 웃겨? 꼭 그렇게 웃어야 돼? 아직도 웃어? 알지의 얼굴에서 웃음이 서서히 걷히고 영문을 알 수 없다는 표정이 떠오른 뒤 울 것 같은 얼굴이 될 때까지 같은 부위를 집요하게 찔렀다. 알지가 잘못을 빌거나 애원하면 큰 아량을 베풀 듯 뾰족한 말을 멈췄다.

연인으로 지내는 동안 알지가 제일 많이 했던 말은 보고 싶어, 사랑해, 가 아니라 화 풀어, 내가 잘못했어, 기분 상하게 했다면 미안해, 였다. 내 마음 다 RG로 시작한 연애는 나한테 왜 그래, 내가 뭘 그렇게 잘못했어, 너랑 같이 있으면 너무 힘들다는 말로 끝났다.

그녀가 전한 알지의 자살 얘기는 너무 뜨거워서 손에 쥐거나 주머니 안에 넣거나 속으로 삼킬 수도 없었다. 나는 그 뜨겁고 커다란 덩어리를 머리에 인 채로 계속 걸었다. 알지가 그 말만 한 건 아니었다. 네가 그럴 때마다 죽고 싶다고도 했다. 죽이고 싶다, 가 아니라 죽고 싶다고 말하는 게 알지였다.

약국 안의 공기는 비현실적으로 시원했다. 소화제와 두통약이 든 비닐을 받아 들고 에어컨이 나오는 의자에 앉아 땀을 식혔다. 축축한 손바닥 안에 든 휴대폰은 잠잠했다. 어디냐고, 사무실에 안 들어오고 뭐 하는 거냐고 묻는 메시지가 당장이라도 울려댈 것 같았다. 사무실에 두곤 온 것들을 떠올렸다. 하다만 일과 실내에서 걸치는 얇은 카디건, 소지품이 들어 있는 에코백. 그것들이 너무 멀게 느껴졌다. 우두커니 앉아 있다가 병을 따서 달달하고 쌉싸래한 소화제를 마셨다.

약국 문을 열고 나오니 다시 숨이 막혔다. 한 달 전에도 이렇게 더웠나. 기억나지 않았다. 그때도 더웠을 것이다. 알고 싶은 게 많았지만 알 수도 없고 알아도 어쩔 수 없는 것들뿐이었다.

사무실에 들어가야 하는데, 라고 생각하며 정처 없이 걸었다. 소화제를 먹었는데 속은 점점 더 갑갑해졌다. 골목 끝으로 걸어가 철창으로 가려놓은 하수구 앞에 쪼그려 앉았다. 그가 진짜 죽음을 선택한 이유가 무엇인지 모르고 영영 모르겠지만 죽고 싶게 만드는 어느 지점에 내가 서 있었다는 게 명치끝을 틀어쥐었다. 그의 가난하고 사소한 다정함을 비웃은 것, 욕심을 부리지 않고 주어진 것에 만족하던 삶의 태도를 무시한 것. 말로 찌르고 또 찌르고 계속 찌른 것. 나는 고개를 숙인 채 속엣것들을 토해냈다. 사귀다 보면 그 정도 다툼은 있을 수 있다고, 싸울 때는 그런 얘기도 할 수 있는 거라고 믿고 지냈다. 별 것 아니라고 괜찮은 편이라고 의심하지 않았던 것들이 계속 올라왔다. 쭈그리고 앉아 언제까지나 토하고 싶었다.

– 여기서 뭐해요.

누군가 어깨를 툭 건드렸다. 가방과 서류 봉투를 든 팀장이 뒤에 서 있었다. 외근 나가는 길이라고 했다.

– 점심 먹은 게 체했나 봐요.

나는 손에 든 약 봉투를 보여주었다. 점심시간이 끝났는데 안 보여서 이상하다 했지. 팀장은 눈길과 말투에서 의심을 서서히 걷어냈다. 얼굴이 진짜 안 좋아 보이네. 그는 걱정스러운 얼굴로 쳐다보았다.

나는 더위를 먹었는지 속이 울렁거린다고 덧붙였다. 팀장이 어떤 사람이냐, 와 상관없이 옛 애인의 부고 소식을 전해 들었다는 얘기보다 더워서 체했다고 하는 편이 여러모로 설득력 있고 편했다. 그는 메일로 보내놓은 일만 퇴근 전에 처리해달라고 부탁했다.

– 바람 좀 쐬다가 들어가요.

그가 골목 밖으로 멀어져 갔지만 나는 결국 울지 못했다.

서
유
미

알 수 없는 것

밤의 잠영

우다영

2014년 『세계의 문학』으로 등단.

처음 수영을 가르쳐준 사람은 휴양지에서 만난 모르는 여자였다.

나는 5층짜리 새하얀 석조 호텔에 머물고 있었다. 테라스에서 내다보면 커다란 야외 수영장과 정돈된 수풀 너머로 느리고 혼탁한 강물이 보였다. 호텔은 강 위에 떠 있는 작은 섬 안에 있었다. 아주 작은 섬이어서 호텔의 한쪽 끝과 반대쪽 끝이 갈라진 두 강줄기와 맞닿았다. 산책하듯 천천히 삼십 분 정도 걸으면 그 섬을 한 바퀴 돌았다. 강을 따라 내려가면 사계절 내내 여름인 아름다운 해변이 나왔다.

처음 며칠은 남자친구와 의욕적으로 섬 안에 있는 야시장이나 강 건너 올드타운을 둘러봤다. 자전거를 타고 해변에 다녀오기도 했다. 그러나 이내 꼼짝 않고 호텔에 틀어박혀 지냈다. 날씨가 너무 더운 탓이었다. 호텔 식당에서 조식을 먹고 수영을 좀 하다가 샤워를 하고 몸을 말리고 해가 기울면 타운으로 나가 저녁을 먹고 돌아왔다. 그 마저도 무기력하면 수영장 비치 베드에서 구운 닭고기와 토마토로 만든 클럽 샌드위치를 주문해서 먹었다.

어느 날부턴가 그 커플이 보였다. 외국인이 많은 호텔에서 한국인 커플은 한눈에 들어왔다. 로비 소파에 앉아 커피를 마실 때나 식당에서 식사를 할 때 그들과 마주쳤다. 어쩌다 멀리서 그들이 대화를 나누면 내용이 들리지 않아도 한국말이라는 것을 알 수 있었다. 신기하게도 짧은 웃음소리만 들어도 단번에 구별할 수 있었다. 그들도 우리를 알고 있는 눈치였지만 말을 걸거나 눈인사를 한 적은 없었다. 우리는 아무도 우리를 모르는 낯선 곳에서 느긋하게 쉬는 중이었고 새로운 관계를 만들어서 피로해지고 싶지 않았다. 그 커플도 방해받기를 원치 않는 태도로 자신들의 공간 안에서 자연스럽게 지냈다.

대부분의 시간은 수영장에서 보냈다. 호텔에는 커다란 메인 풀과 작은 히든 풀이 있었는데 주로 메인 풀을 이용하다가 태양열이 너무 따가우면 그늘이 있는 히든 풀로 이동했다. 단순히 지겨운 기분이 들 때도 풀을 바꿨다. 두 풀장 모두 수심이 깊은 곳은 내 키를 훌쩍 넘었다. 나는 수영을 할 줄 몰라서 튜브에 팔을 끼우고 물 위를 떠다녔다. 남자친구는 이따금 접영이나 배영을 하고 돌아왔지만 여행 내내 몸이 안 좋았기 때문에 대체로 나처럼 물에 반쯤 잠긴 채 물결을 따라 유영했다. 비치 베드에 누워 책을 읽거나 낮잠을 자기도 했다. 몸이 뜨거워지면 다시 물속에 들어갔다. 미지근하게 달궈진 물은 부드러운 천처럼 몸을 감싸고 천천히 열을 식혀주었다.

그 커플은 수영을 잘했다. 그들은 주로 우리와 마주 보지 않아도 되는 사선 비치 베드에 자리를 잡고 몇 시간 동안 수영을 했다. 계속 수영을 하는 건 아니었고 남자와 여자가 번갈아 물에 들어갔다. 이상하게도 함께 수영을 하진 않았다. 남자는 큰 키에 군살 없이 아주 엄격하게 관리한 몸이었고, 초록색 비키니를 입은 여자는 가녀린 골격은 아니었지만 그을린 피부와 적당히 붙은 근육 때문에 매력적으로 보였다. 둘 다 한번 물에 들어가면 수영장 끝에서 끝까지 두어 번 왔다 갔다 했는데 속력에 비해서 물소리가 거의 나지 않았다. 칼로 매끄럽게 푸딩을 가르듯 물속을 미끄러졌다. 물 밖에서 쉴 때는 둘이서 조용히 담배를 피웠다. 담배를 피울 때 그들은 아무런 말도 하지 않는 것 같았다. 여자는 파라솔을 한쪽으로 치우고 틈틈이 햇볕에 몸을 태웠다. 남자가 여자 몸에 정성스럽게 오일을 발라줬다.

우리는 망고주스와 맥주를 마시며 그들의 모습을 몰래 훔쳐봤다. 방에 들어와서 이야기하기도 했다. 남자는 서른 중반쯤 되었고 여자는 그보다 서너 살 어려 보인다는 데에 서로 동의했다. 남자친구는 그들이 부부일 거라고 생각했지만 나는 아닌 것 같다고 말했다.

그날은 여자 혼자 조식을 먹고 있었다. 덧문을 모두 열면 야외 공간과 구분 없이 연결되는 1층 식당에서 여자는 그늘이 있는 이 인용 탁자에 앉아 있었다. 그녀는 접시 가득 반타원형 모양의 용과를 쌓아두고 티스푼으로 조그맣게 잘라 먹었다. 검은 씨가 빼곡히 박힌 용과의 하얀 살이 여자의 입안으로 빨려 들어갔다. 가끔 따뜻한 커피도 마셨다. 나는 무심히 혼자 있는 그녀를 구경하며 노른자가 반 정도 익은 먹음직스러운 에그 베네딕트를 나이프로 잘라 먹었다. 남자는 어디로 가버렸는지 식사 내내 나타나지 않았다.

여행 중 가장 무더운 날이었다. 슬리퍼를 신고도 뜨거운 반사열이 올라오는 풀장 주변 바닥을 밟기가 힘들었다. 하는 수 없이 오전 수영을 포기하고 방에서 맥주를 마셨다. 에어컨 냉기가 천천히 돌아가는 실링팬을 따라 방 안을 느리게 순환했다. 바깥의 이글거리는 열기는 상냥하고 부드러운 빛이 되어 창을 투과하고 있었다.

우
다
영

차가운 맥주를 마시면서 이따금 메인 풀을 내려다봤지만 모든 베드가 비어 있었다. 수영장 바닥에는 보기만 해도 시원해지는 파란색 타일이 깔려 있었고 아무런 냄새도 나지 않는 정수된 맑은 물이 일정한 높이의 수면을 유지하고 있었다. 수영하는 사람은 아무도 없었다. 화단을 손질하거나 타월을 정리하는 직원들의 모습만 가끔씩 보일뿐이었다.

어째서일까? 순간 호텔에 묵고 있는 모든 사람들이 어딘가로 사라져버린 것 같은 기분이 들었다. 정확히는 수영장과 함께 사라졌다. 내가 드나들던 수영장은 사실 저기에 없어. 속으로 무심히 중얼거리자 그건 진실에 가까워졌다. 태양 아래서 가지각색의 빛으로 너울거리고 있는 저 크고 아름다운 수영장은 아직 아무도 훼손한 적 없는 완전무결한 세계의 일부처럼 느껴졌다.

잠에서 깼을 땐 이미 해가 진 뒤였다. 남자친구는 맥주를 많이 먹고 다시 몸 상태가 나빠졌는지 침대에서 몸을 뒤척이다가 좀 더 자야겠다고 말했다. 태엽 풀린 오르골처럼 말이 뚝 끊기자마자 잠들어 버렸다. 이번 여행 내내 그의 몸안에선 이유를 알 수 없는 열이 오르내렸다. 그 열은 높은 쪽에서 낮은 쪽으로 이동하며 무언가를 덥히고 식히는 온도의 법칙과 무관하게 미지의 경로로 흐르며 완전하게 사라졌다가 또 완전하게 나타났다.

너무 오랫동안 에어컨 바람을 쐬어 그런지 몸이 으슬으슬 떨렸다. 자연스럽고 따뜻한 바람을 쐬고 싶었다. 조금 고민하다가 수영복을 입고 가운을 걸친 뒤 수영장으로 내려갔다.

메인 풀 주변에는 낮은 조도의 조명이 바닥을 향해 켜져 있었다. 늘어선 베드들은 적당한 어둠 속에 잠겨 있었고 물은 팽창하는 은하나 성운을 휘저어놓은 것처럼 신비롭게 빛났다. 가까이 다가갈 때까지 물속에 누가 있다는 것을 눈치채지 못했다. 소리 없이 조용하게 헤엄치고 있는 사람이 있었다. 그 여자라는 것을 단번에 알았다.

나는 한쪽 베드에 자리 잡고 비치 타월로 몸을 감쌌다. 따뜻하게 건조된 꺼칠꺼칠한 타월의 감촉에서 무시무시했던 한낮의 열기가 한순간 느껴졌다. 온화한 밤공기가 수면과 어두운 바닥을 휘장처럼 덮고 있었다. 풀장 주변을 에워싸고 있던 디근자 화단은 밤의 일부가 되어 깊이를 알 수 없는 컴컴한 벽처럼 보였다.

어느새 수영을 마치고 물에서 나온 여자가 내 쪽으로 걸어왔다. 다시 보니 초록색 비키니가 그녀의 살결과 아주 잘 어울렸다. 그저 건강하게만 보였던 그을린 피부가 달빛에 닿자 청동처럼 창백한 빛을 내뿜었다. 여자는 물을 뚝뚝 흘리며 내 앞을 지나 베드를 한 칸 비워두고 다음 베드에 앉았다. 타월로 머리 물기를 좀 닦고 어깨에 두른 뒤 나를 바라봤다.

"오늘 무척 더웠죠?" 밤에 들으니 중성적인 목소리였다.

"네 정말 더웠어요." 내가 말했다. "여기 머무는 동안 한 번도 비가 안 왔어요."

"오래 머물렀나요?"

"일주일 동안 머물 예정이에요. 이틀 남았어요."

"우리는 내일 아침에 떠나요. 마지막 밤이죠."

여자는 잠시 어두운 수풀을 바라봤다. 이파리와 돌 틈에 숨은 풀벌레들이 낮게 울고 있었다.

나는 그렇군요, 대답하며 여자의 얼굴을 관찰했다. 눈과 코의 선은 밋밋했지만 살짝 벌어진 입술이 아리송한 느낌을 주었다. 나는 아침에 그녀의 입속으로 끊임없이 들어가던 물컹하게 축 처진 용과를 떠올리고 있었다. 하얀 살 속에 점점이 박힌 까맣고 작은 씨들이 무수하게, 정말 무수하게 그녀의 내부로 빨려들어 갔다. 달빛에 비친 그녀의 몸 어디에도 검은 반점 같은 건 찾아볼 수 없었다.

"몇 층에 방이 있어요?" 여자가 물었다.

"제일 위요."

"좋겠네요. 우리는 2층이라 뷰가 그리 좋지 않았어요." 여자는 물기가 남아 있는 몸 구석구석을 손으로 문질렀다. "다른 건 다 좋았어요. 요리도 맛있고 청소도 깔끔하고. 여기 수영장 물이 참 깨끗해요."

"맞아요."

"어떻게 정수하는 건지 모르겠네요. 이물질이 생겨도 자연스럽게 사라지는데 직원들이 뜰채로 수면을 청소하는 걸 한 번도 못 봤어요. 수영장 내벽을 빙 돌면서 손으로 만져보고 발로 바닥을 짚어봤는데 딱히 물을 빨아들이는 구멍 같은 건 없었어요."

"발이 닿지 않는 곳에 구멍이 있지 않을까요. 깊은 곳이에요." 내가 말했다.

여자는 물끄러미 나를 바라봤다. "그럴 수도 있겠네요."

"오늘 혼자 식사를 하시던데요."

물어놓고 조금 후회했다. 여자의 기분을 살폈지만 표정 변화는 거의 없었다. 타월 아래로 삐져나온 여자의 팔과 가볍게 꼰 다리가 여전히 미묘한 경계 너머의 존재처럼 빛나고 있었다. 나는 문득 손을 뻗어 그 피부를 만져보고 싶었다.

"어제 남편이 다쳤거든요. 물로 뛰어들다가 너무 얕은 곳에 닿아서 코뼈가 부러졌어요."

"저런. 몰랐어요." 내가 놀라서 말했다. "어제 우리는 하루 종일 수영장에 있었는데……."

"호텔 뒤에 있는 히든 풀에서 그랬어요." 여자가 말했다. "히든 풀에 계셨다면 재밌는 구경을 하셨을 텐데." 여자가 웃어서 나도 조금 웃었다. 여자는 고개를 흔들었다. "꼼짝없이 수영은 못 하게 됐죠. 물을 그렇게 좋아하는데. 남편은 유소년 수영 선수였어요. 지금은 전혀 상관 없는 일을 하지만."

나는 고개를 끄덕였다.

"두 분은 결혼하지 않았죠?" 여자가 물었다.

"네."

"남편과 나는 그럴 거라고 생각했어요."

여자는 우리가 어려 보여서 그렇게 짐작했다고 말했다. 내가 나이를 말해주자 전혀 그런 나이로 보이지 않아요, 대학생일지도 모른다고 생각했는데, 하며 놀라워했다. 나는 그들도 우리를 관찰하고 있었다는 게 기묘한 일처럼 느껴졌다. 호텔에 머물면서 그들과 눈이 마주친 적은 한 번도 없었다.

"물에 잠시 들어가야겠어요." 여자가 일어서며 말했다. "물기가 마르니까 또 덥네요."

"저도요."

튜브를 가져오지 않아 구명조끼를 보드처럼 잡고 물에 들어갔다. 가만히 떠서 헤엄치는 여자를 구경했다. 여자가 힘차게 밀어낸 물결이 긴 간격을 두고 밀려와 나를 천천히 밀어냈다. 내 몸의 반은 따뜻하고 포근한 물속에 잠겨 있었고 이미 한참 전부터 구명조끼에서 내려오면 발이 닿지 않을 위치에 떠 있었다.

헤엄쳐온 여자가 물었다. "수영을 전혀 배운 적이 없나요?"

"네." 내가 대답했다. "가족들 모두 수영을 배웠는데 저만 배우지 못했었어요."

"내가 좀 알려줄까요? 어렵지 않아요."

여자는 팔로 물을 밀어내고 다리로 물을 차는 원리를 간단하게 알려줬다. 여자의 말대로 움직이니 팔과 다리는 내 몸의 일부가 아니라 신체 연장선에 짜맞춘 딱딱한 도구처럼 느껴졌다. 어설프지만 구명조끼를 잡고 발장구를 치자 앞으로 조금씩 나아갔다. 내가 가라앉지 않도록 여자가 손으로 배를 받쳐주었다. 물과 공기 사이에서 숨을 쉬는 타이밍도 알려줬다.

"이런 것만 알면 크게 더 배울 건 없어요." 여자가 말했다. "몸이 물속에서 움직이는 방식에 익숙해지면 석절한 근육과 힘이 생겨요. 아까의 균형감을 기억하고 있어야 해요."

여자의 손이 배에 닿았던 위치를 떠올렸다. 그제야 그녀가 나를 만진 것이 놀랍게 느껴졌다.

물 밖으로 나와서 여자는 자연스럽게 내 옆 베드로 옮겨 앉아 새 타월로 몸을 닦았다. 나는 베드 깊숙이 몸을 파묻었다. 열기와 물기를 머금은 매트는 무겁게 푹 꺼져 있었다.

"오늘 불이 난 걸 봤어요?" 여자가 물었다.

"아뇨."

"근처 인가에서 불이 났어요. 남편과 산책을 하다가 그곳을 지나갔는데 작은 집 하나가 통째로 불타고 있었죠. 아무래도 누가 죽었나 봐요. 사람들이 소리를 지르고 울었거든요." 여자는 멍하니 나를 바라봤다. "아직 죽은 사람을 본 적 없죠?"

"네." 나는 거짓말을 했다.

여자는 천천히 고개를 끄덕였다. "그게 좋아요. 죽음과는 멀리 떨어지는 게……." 푸르스름하게 빛나는 수영장을 바라보며 말했다. "아까 호텔로 돌아왔을 때 까만 재가 여기까지 날아왔어요. 물 위에 내려앉는 걸 봤는데 지금은 하나도 안 보이네요."

"네 깨끗하네요."

"저기 사실은……" 여자가 말했다. "그 사람, 남편은 아니에요."

"네?" 내가 놀라서 물었다.

"그는 아내가 있어요. 그러니까 나랑은, 말하자면 내연관계예요." 여자는 나를 바라보며 미소 지었다. "미안해요. 이런 얘기 불쾌한가요?"

괜찮다고 나는 말했다. 정말 아무 상관 없는 일이었다.

"연인이라고 둘러대도 되는데 항상 부부 행세를 해요. 웃습죠? 그런다고 마음이 좀 편해지다니."

"얼마나 됐죠?"

"일 년쯤. 이런 식으로 만난 건요. 알고 지낸 지는 아주 오래됐어요. 어릴 때 같이 수영을 했거든요."

나는 의미 없이 고개를 끄덕였다.

"이상하게 들리겠지만" 여자는 잠시 망설였다. "그와 나 사이에는 어쩔 수 없는 과정들이 있었어요. 그때로 다시 돌아간다고 해도 별다른 도리가 없는 완고하게 정해진 순서들이요. 그럼에도 긴밀하게 연결된 끈이 있었죠. 그런 끈으로 연결된 사람들은 운이 아주 나쁘면 기묘한 형태로 꼬여버리곤 해요." 여자는 좌우로 천천히 고개를 저었다. "이 밤이 다 끝날 때까지 이야기해도 당신은 우리에게 일어난 일들을 절대로 이해할 수 없을 거예요."

아마도 그렇겠죠, 하고 나는 대답했다.

"어쨌든 그는 내가 아니라 지금의 아내와 결혼했어요. 결혼생활은 엉망이었지만 그가 아내에게 완전히 애정이 없었던 건 아닌 거 같아요. 한때 어떤 감정이 존재했다고 털어놓았죠."

거의 속삭이듯 말하는 여자의 목소리는 이상할 정도로 또렷하게 들렸다.

"그가 이혼을 요구해도 아내는 들어주지 않았어요. 나도 그 여자를 몇 번 봤는데 그리 좋은 사람은 아니에요. 자존심이 아주 세고 비정한 편이죠. 이제 그를 사랑하지도 않아요. 단지 괴롭히려고 놓아주지 않는 거예요. 무슨 이유에선가 감정에 대한 중요한 나사 하나가 빠져버린 것 같아요. 그녀의 과거 어느 지점이나 혹은 미래에 대한 어떤 예감이 은밀한 계기가 됐을지도 모르죠. 하지만 나로서는 영영 알 수 없는 일이에요."

여자는 눈을 내리깔고 온기와 어둠 속에 가려진 평평한 바닥을 하나의 징조처럼 바라봤다.

"정말 아름다운 여자예요. 똑똑하고 활기차고 사랑하는 사람들에게는 다정한 면도 있어요. 그녀를 소중하게 생각하는 사람들, 그녀와의 기억을 따뜻하게 떠올리는 사람들도 분명히 있을 거예요. 좋은 집안에서 유복한 유년을 보냈고 인생의 큰 좌절을 한 번도 경험해보지 않은 사람의 자신감이랄까, 빛이랄까, 그런 게 있었죠. 고백하자면, 나는 마음속 깊이 그녀를 미워한 순간들이 있어요. 눈부시게 밝은 한낮의 빛 속에서도 심해처럼 차갑고 무서운 상상을 했어요."

여자는 골똘히 생각에 잠겼다. 이제 풀벌레 소리는 감쪽같이 사라지고 아주 고요한 물소리만 들렸다.

"지금 그의 아내는 죽어가고 있어요."

나는 잠자코 여자가 계속 말하길 기다렸다.

"폐가 딱딱하게 굳어서 숨을 쉬지 못하는 병이래요. 한쪽 폐는 이제 거의 쓸모없어졌고 나머지 한쪽도 똑같이 진행되고 있죠."

단조롭게, 그저 단조롭게 여자는 말했다. 이제 여자
와 나는 거의 똑같은 자세로 베드에 누워 서로의 눈을
들여다보고 있었다. 여자의 벌어진 입은 밤을 흡입하듯
숨을 들이마시고 다시 까만 어둠을 뱉어냈다.

"그 병에 대해 알아봤어요. 그렇게 죽은 사람의 폐를
반으로 갈라놓은 사진을 찾았죠. 작은 공기주머니들이
살아 있을 때 모양 그대로 단단하게 굳은 폐였어요. 그
건 따뜻한 살과 피가 섞였던 장기라기보다 마치 거대한
동물의 뼈 같았어요. 한 번도 영혼이 머문 적 없는 오래
된 돌처럼 보였어요."

마침내 긴 꿈을 준비하는 사람처럼 여자는 눈을 감았
다. 그녀가 어둠 속에서만 보이는 무언가를 찾고 있다
고, 나는 생각했다.

"현무암을 본 적 있겠죠? 뜨거운 용암이 식어서 생긴
까맣고 가벼운 돌이요."

물론 그 돌을 안다고, 나는 대답했다. 여자는 눈을 뜨
지 않은 채 희미하게 웃었다. 얕은 물속에서 움직이는
입모양처럼 느릿느릿 중얼거렸다.

"구멍이 많아서 물에 뜨기도 하는 이상한 돌 말이에
요."

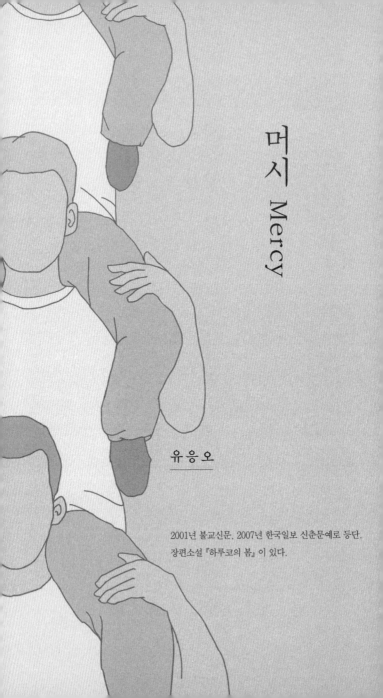

머시 Mercy

유응오

2001년 불교신문, 2007년 한국일보 신춘문예로 등단.
장편소설 『하루코의 봄』이 있다.

태초에 하늘과 땅이 있었다. 횡橫으로 보니 하늘과 땅이 끝도 없이 펼쳐져 있어서 뭔가 심심하게 느껴졌을 때 해와 달이 여러 행성을 피해가며 달려왔는데, 그 모습이 마치 프로 당구 선수가 친 스핀 잔뜩 먹은 공과 같았다. 밤과 낮이 생겼으나, 적당한 시간이 되면 밝고 어두울 뿐 심심하긴 마찬가지였다. 무료함에 하품이 나오려고 할 때 구름이 하늘 밑에 몰려들었는데, 그 모습이 마치 대대로 이어온 순두부집의 순두부 빚는 것 같았고, 점심 때 그 순두부집에 줄지어 있는 손님들 같았다. 이후 적당한 때가 되면 비가 내리고, 천둥이 울리고, 번개가 쳤으니, 7.1 채널 AV 설비를 갖춘 듯해서 심심함이 조금은 덜했다.

그러나 종縱으로 보면 하늘과 땅의 간격이 밑도 없이

펼쳐져 있어서 하늘에서 땅을 보려면 목이 부러질 정도로 고개를 숙여야 했고, 땅에서 하늘을 보려면 목의 인대가 늘어날 정도로 고개를 젖혀야 했다. 아득하다, 까마득하다는 생각이 들 때 즈음 내린 비로 인해 평평했던 땅에 굴곡이 생겨서 내川를 이루고 그 내가 흘러서 강이 되고, 바다가 되었다.

그럴 동안 땅이 융기하여서 산이 생기고 그 산들이 길게 늘어서 산맥을 이루었다.

그리하여 평야에는 농부들이, 물가에는 어부들이, 산 아래에는 심마니들과 사냥꾼들이 모여 살았고, 산에서 들로 이어진 길들이 바닷가까지 닿았다. 인적이 없는 곳이라고는 당최 오를 길이 없는 벼랑이 에워싸고 있는 산골짜기밖에 없었는데, 언젠가부터 그곳에도 사람들이 하나둘씩 모여들었다. 너와로 지붕을 얹은 절이 천상의 누각이라도 되고, 누더기 회색 장삼이 천의天衣라도 되는 양 살아가는 산인山人들을 저자의 사람들은 높임말로는 스님僧, 예삿말로는 걸사乞士, 낮춤말로는 중衆놈이라고 했다. 더러는 존경의 눈빛을 보내고, 더러는 멸시의 눈빛을 보냈으나, 그러거나 말거나 그들은 산골짜기에 모여 살면서 대부분의 일과를 가만히 가부좌를 틀고 앉아 있는 데 보냈다. 그러다 보니 밭농사를 지어도 그 소출은 낮부끄러운 양이었다.

산인들도 가축을 키웠는데 염소였다. 새끼 염소가 어

유응오

지간히 자라서 약에 쓸 만큼 살이 오르면 장에 내다 팔아 양식으로 바꿔 왔다. 메에, 메에, 염소들 울음이 산골짜기에 메아리치고, 그 염소가 새끼를 낳고, 그 새끼가 다시 새끼를 낳길 거듭하는 동안 세상은 많이 바뀌어서 농부들은 경운기를 몰게 되었고, 어부들은 통통배를 타게 되었고, 사냥꾼들은 총을 들게 되었다. 무엇보다도 도시가 생겨서 농촌, 어촌, 산촌의 사람들이 모여들었다. 도시로 가는 도로는 나날이 넓어졌다.

이 무렵 인적 드문 남루한 절에도 종종 사람들이 찾았는데, 그들은 고아원 대신 절에 아이를 버리려는 어딘가 하나씩 부족한 부모들이었다.

멧돼지 말고는 오를 수 없는 북막골 독은암獨隱庵에도 이 년 동안 세 사람이 찾아와 예닐곱 살의 코흘리개 남자애를 맡겼다. 독은암 주지는 이 세 아이를 자신의 상좌로 받아들인 후 법명을 천지天地, 현황玄璜, 우주宇宙라고 지었다. 무슨 깊은 뜻이 있는 것은 아니고, 독은암 주지가 배운 한자라고는 천자문 몇 자밖에 없었던 까닭이다.

천지, 현황, 우주는 어느 순간 형제처럼 독은암에서 살게 되었는데, 그나마 다행인 것은 저자의 살림살이가 넉넉해져서 그 산골 절에도 더러 시주가 들어왔다는 것이다. 굶어 죽지 않을 만큼 먹었는데도 세 동자승은 잘도 자랐다. 동자승들의 일상은 해가 뜨면 염소를 한 마리씩 끌고 나가 풀을 먹인 뒤 해가 지면 염소를 끌고 절로 돌아오는 것이었다. 메에, 메에, 염소들 울음이 산골짜기에 메아리치고, 그 염소가 새끼를 낳고, 그 새끼가 다시 새끼를 낳길 거듭하는 동안 독은암 인근에는 탄광이 생겨서 광부들이 모여들었고, 그 광부들을 후리려는 술집 작부들도 모여들었다. 그러다 보니 자연스럽게 독은암 복전함에도 지폐들이 조금씩 늘어갔고, 그 돈을 다시 세간世間에 회향하고자 탄광촌 니나노 색싯집으로 만행卍行을 떠나는 주지스님의 발길이 잦아졌다.

동자승들은 훌쩍 자라서 삭발한 머리의 정수리가 발기한 귀두처럼 보일 만큼 어엿한 비구比丘들이 되었다.

밤꽃 향기가 흐드러지는 어느 봄날, 염소를 끌고 산길로 오르다 말고 천지 비구가 말했다.

"늘창늘창허니 날도 존데, 우덜도 만행 한번 가 봐야 하는 거 아녀? 그 정도는 해줘야 큰스님 소리 듣는 거 아녀?"

때마침 염소가 울자 현황 비구가 염소의 목줄을 천천히 잡아당겼다.

"오죽허면 염소도 울겄어."

앞장서 걷던 우주 비구가 산길로 가려던 발길을 슬그머니 돌리고 섰다.

"은사 스님이야 초파일 때나 기어올라 올 거고, 복전

함에는 복전이 쌓여가고, 그 복 안 돌려주는 것도 부처님께 큰 죄 짓는 건데. 어쩔 텨?"

천지 비구가 사하촌 쪽을 내려다본 뒤 발길을 돌렸다.

"어쩌긴 뭘 어쪄. 염소들도 따라 우는구먼."

그 길로 세 비구는 복전함을 턴 뒤 사하촌으로 내려가 낮부터 술집에 앉아 술추렴을 시작했는데, 색시들을 옆에 끼고서,

"좋구먼."

"좋구말고."

"좋다뿐인가."

한마디씩 내뱉으면서 주거니 받거니 술잔을 비우다 보니 싸한 밤꽃 향기가 흐드러지는 봄밤이 깊어갔다.

이튿날 새벽에 절에 올라서니 "잘 놀고 왔냐?"고 묻는 듯 염소들이 떼창을 하자,

"암만 좋았구먼."

"좋았고말고."

"좋았다뿐인가."

한마디씩 대꾸를 하고서는 마루에 털썩 주저앉았다.

방귀가 잦으면 똥이 되는 법, 세 비구의 만행이 잦아지는가 싶더니, 천지 비구가 절을 떠나고 말았다. 우연히 들른 찻집에서 만난 한 색시와 눈이 맞은 것인데 하

필이면 그 색시는 사하촌의 유일한 교회 목사의 딸이었다. 눈만 맞은 것은 아닌 듯 배가 부른 딸을 데리고 와서 목사는 천지 비구를 향해 삿대질을 해댔다. 행인지 불행인지 그날도 주지스님은 출타 중이었다.

이튿날, 일어나자마자 천지 비구는 냉수 한 사발을 벌컥벌컥 들이켠 뒤 다른 비구들에게 인사도 없이 절을 빠져나갔다. 현황, 우주 비구는 눈을 떴음에도 애써 자는 척하다가 인기척이 들리지 않자 그제야 자리에서 일어났다.

"염소들이 우는구먼."

우주 비구의 말에 현황 비구가 대꾸했다.

"배고픈 모양이지. 아님 심심하거나."

두 비구는 염소들을 끌고 산길로 올라가다 말고 천지 비구가 내려간 길을 뒤돌아봐야 했다.

천지 비구가 떠난 뒤 두 비구는 어찌된 일인지 만행의 길에 나서는 것도 싫증이 났다. 두 비구는 예전대로 아침이 되면 염소를 몰고 나가서 저녁이 되면 염소를 몰고 돌아오길 거듭했다. 그렇게 일 년이 지난 뒤 천지 비구로부터 편지가 왔다. 한글을 읽을 줄 모르는 현황 비구가 무슨 내용이냐고 물었다.

"배운 게 염소 풀 먹이는 거라서 염소 키우면서 산다는구먼. 인사말인지 증말인지 한번 놀러 오라고도 하네. 어쩔 텨?"

유응오

"어쩌긴 뭘 어쩌. 한번 댕겨오라고 염소들도 따라 우는구먼."

누가 먼저랄 것도 없이 두 비구의 발길은 복전함으로 향했다. 버스 타고 산 넘은 뒤 배 타고 강 건너서 천지가 사는 집에 닿으니 천지는 염소 풀 먹이러 가고 없고 색시만 갓난애에게 젖을 먹이고 있었다.

두 비구는 복전함을 턴 돈으로 산 쌀 두 말, 쇠고기 다섯 근, 돼지고기 열 근, 닭 두 마리, 달걀 한 판을 슬그머니 방바닥에 내려놓았다. 천지 색시의 시선이 곱지 않았다. 그 눈빛에는 이제야 간신히 세간살이에 재미를 들이고 있는데, 먹물 옷에 삭발한 비구들이 들이닥치면 어쩌느냐는 의중이 담겨 있었다.

도반들이 찾아온 것을 알고 천지는 부리나케 달려와서는 술상부터 차렸다. 이렇다 할 인사말도 없이 부어라 마셔라 해대니 금세 소주 됫병이 바닥이 났고, 색시는 갓난애를 들쳐업고 십 리를 걸어서 술을 받으러 가야 했다.

이튿날에도 그 이튿날에도 술판은 이어졌다. 두 비구가 사 온 고기들은 며칠 만에 바닥이 났다. 셋은 텃밭의 푸성귀를 뜯어서 안주 삼았다. 밥도 안 먹은 채 술만 마셔대길 열흘이 지나서야 두 비구가 방 밖으로 모습을 드러냈다. 그 모습을 보고서 색시는 옳거니, 저것들이 떠나려나 보구나, 라고 생각했다. 그런데 두 비구는

염소 우리로 가서는 억지로 염소 한 마리를 끌어내리려고
했다.

"술을 물처럼 마셔댔더니 몸이 허해졌구먼. 아무래
도 보신을 하려면 염소 한 마리 고아 먹어야겠네."

현황 비구의 말을 듣고서야 상황을 파악한 천지가 손
사래를 쳤다.

"그 염소는 새끼를 뱄어."

천지가 새끼 밴 염소의 목줄을 잡아채자 현황 비구는
다른 염소의 목줄을 잡아당겼다. 천지가 이를 만류하면
서 말했다.

"자네들도 염소를 키워봤잖은가. 키운 염소를 잡아
먹는 법이 어디 있나. 그 무슨 무자비한 소린가?"

현황 비구가 염소의 뱃구레를 발로 걷어차면서 대꾸
했다.

"우리가 언제 잡아먹는다고 했나, 고아 먹는다고 했
지."

함께 발길질을 하면서 우주 비구가 말을 이어갔다.

"자네 사람이 변했구먼. 염소가 죽기 전에 우리가 먼
저 죽게 생겼구먼. 무슨 자비 타령이여."

메에, 메에, 발길질에 못 이겨 바닥에 배를 깔고 누운
염소가 울자 다른 염소들도 따라서 울어댔다. 말릴 새
도 없이 두 비구는 염소를 가마솥이 걸린 곳으로 끌고
갔다. 메에, 메에, 염소의 울음이 멎는가 싶더니 두 비

구는 불을 지폈다. 물이 끓는 동안 두 비구는 주거니 받거니 하면서 차례대로 댓 병째 나발을 불어댔다. 염소 고기를 남김없이 다 뜯어 먹고 더운 국물도 후후 불어가면서 다 마시고, 꺼억 트림을 한 뒤에야 두 비구는 발 그레한 낯빛을 하고서 바랑을 챙겨 맸다.

마을 동구 앞까지 따라온 천지가 진지한 표정을 하고서 어렵게 입을 뗐다.

"이보게들, 앞으로는 우리 보덜 마세. 내 잠깐 잘못 생각했구먼. 세간 살림도, 남녀의 정도 그 재미가 첫날 밤뿐이어서 줄곧 자네들이 그리웠구먼. 하루에도 몇 번씩 다시 절로 들어가고 싶은 생각이 들 정도로. 서로 갈 길이 다르니 나는 여기서 잘 살 테니, 자네들도 거기서 잘 살게."

현황 비구가 대꾸했다.

"그려, 자네는 집 염소를 잘 키우게, 나는 절 염소를 잘 키울 테니."

우주 비구가 그만 들어가 보라는 신호로 손짓을 하면서 말했다.

"자네 새끼는 아들인가, 딸인가? 이름은 뭔가?"

"빨리도 묻는구먼. 아들이네. 이름은 홍황洪荒이네."

두 비구가 약속이라도 한 듯 입으로 말했다.

"잘 살게."

세월이 흘렀다.

천지는 염소들을 열심히 키웠다. 염소들을 팔아서 모은 돈으로 소를 샀다. 소들을 열심히 키웠다. 소들을 팔아서 모은 돈으로 땅을 샀다. 그 땅들이 재개발이 되어서 천지는 군에서 손꼽히는 부자가 되었다. 아들딸도 일곱 명이나 낳았다. 자식들의 이름은 모두 천자문에서 땄다.

독우암에 돌아오자마자 현황 비구는 더 큰 절로 공부를 하겠다고 떠났다. 현황 비구는 큰 절 강원의 강사가 되었고 학승으로 이름을 떨쳤다.

우주 비구는 현황 비구가 떠나자 염소들을 이끌고 산길로 향했다. 독은암 주지는 여전히 복전함의 복전을 세간에 회향하기에 바빴고 탄광촌이 문을 닫자 염소들까지 모두 팔아서 술을 퍼마셨다. 그리고는 다시는 절로 돌아오지 않았다. 그해 겨울 우주 비구는 독은암의 문을 걸어 잠그고 수행한 끝에 밤송이를 까고 알밤이 터지듯 활연대오豁然大悟하였다.

더 세월이 흘렀다.

한 고찰에서 조실스님의 추대식이 봉행됐다. 조실스님이 법상에 올라서 법어를 내리려고 할 때였다. 대중이 만류하는데도 한 늙은 중이 염소 한 마리를 끌고 법당으로 들어왔다. 메에, 메에, 염소가 울었다. 늙은 중을 보자 조실스님의 입가에 미소가 번졌다. 두 노승은 이심전심以心傳心으로 이렇게 말하고 있었다.

"좋구먼."

"좋구말고."

"좋다뿐인가."

웃음 끝에 조실스님이 법어를 시작했다.

"태초에 하늘과 땅이 있었다. 그리고 뭇 생명이 생겨나니, 하늘과 땅에 자비가 충만했다."

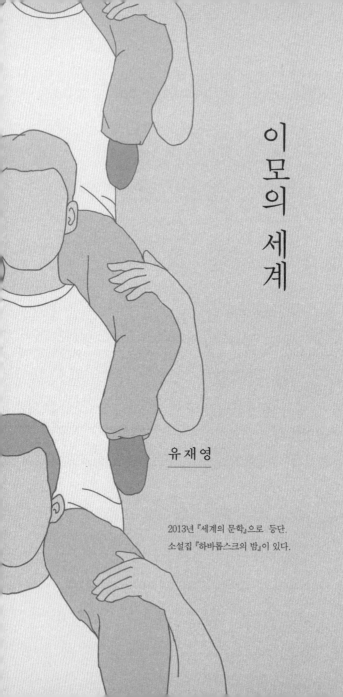

이모의 세계

유 재 영

2013년 『세계의 문학』으로 등단.
소설집 『하바롭스크의 밤』이 있다.

이모는 집요정이었다. 현관 옆 창고로 쓰던 방에서 꼼짝도 하지 않다가, 내가 나가고 나면 분주하게 움직였다. 그걸 어떻게 아느냐면, 간밤에 내던진 레고 블록이나 아침에 흘린 김치 국물이 학교에서 돌아와 보면 깨끗하게 치워져 있었기 때문이다. 눈 깜짝할 새 비밀번호를 찍고 현관문을 열면 집 안은 몇 달 전처럼 고요했다. 숨도 가만가만 쉬어야 할 정도였다. 나는 신발을 벗어던지고 까치발로 다가가 방문에 귀를 댔다. 안에서 중얼거리는 목소리가 들렸다. 그제야 안심하고 숨을 내쉴 수 있었다. 이모가 오기 전에는 어떻게 지냈던 걸까. 기억도 나지 않았다. 모습을 드러내면 안 되는 건가. 그게 이모의 규칙인가. 그래도 내가 이모, 나 왔어, 하고 외치면 환한 웃음과 함께 방문이 열렸다.

방 가운데 놓인 책상 위에는 책과 종이가 수북했다. 대부분 이모가 우리 집에 온 날부터 그 자리를 지키고 있는 것들이었다. 꼼짝도 하지 않는 이유가 궁금했지만 모른 척했다. 대신 이모, 그렇게 앉아만 있으면 디스크 걸려, 엄마의 말투를 따라 엄하게 일깨워줬다. 벌써 걸려서 괜찮아. 이모는 담담하게 대꾸했다. 나는 고개를 끄덕이며 책상 앞에 한 발자국 다가가 이모가 들여다보던 종이 뭉치를 들쳐 봤다. 이모는 그게 누구의 글인지, 어떤 내용인지 설명해줬다. 그 알쏭달쏭한 이야기는 엄마가 방으로 들어와 이모 일할 때 방해하지 말라며 내 손을 낚아채 끌고 나가기 전까지 이어졌다.

이모는 작가라고 했다. 책도 두 권이나 냈는데, 그 사실을 아는 사람은 많지 않았다. 이모가 쓴 이야기는 나한테 이르다고 해서 아직 읽어보지 못했다. 그래서인지 잘 팔리지 않는 모양이었다. 학교에서도 몇 번이나 말했지만 선생님은 내가 이모 얘기를 꺼낼 때마다 책 제목을 다시 물어봤다. 하는 수 없이 편집자로 일한다고 했다. 먹고살려면 별수 있나. 엄마의 한숨 섞인 목소리에 의하면 그 앞에 프리랜서, 라는 말이 또 붙는 듯했다. 이모는 정말 직업이 많구나. 내가 감탄하면 이모는 펜을 내려놓고 무릎 위에 나를 앉혔다. 종이 위에 빼곡한 검은 글씨와 빨간 기호들을 가리키며 편집자란 사람들이 온전한 세계와 만날 수 있도록 돕는 사람이라고 했다. 모든 책에는 편집자가 따라붙는데, 내 교과서도 지도 책도 심지어 사전같이 두꺼운 책도 편집자의 손길이 닿지 않은 건 없다고 했다.

"편집은 인생과 닮았어. 삶은 어떤 의미에서 고유한 게 아니고, 살고 싶은 대로만 살 수도 없으니까. 누구나 하루하루를 편집해가는 셈이지."

나는 고개를 끄덕였다. 그날 저녁에도 엄마에게 등짝을 얻어맞은 뒤 골라낸 콩을 다 먹어야 했으니까.

정작 이모의 삶은 편집과 거리가 멀어 보였다. 이모는 베란다의 화분같이 책상 앞만 지켰다. 햇빛을 보고 물을 마셔야 하는데. 걱정이 된 나는 이모의 손을 잡고 거실로 나왔다. 순순히 끌려 나온 이모는 나를 번쩍 안아 들고 거실과 부엌을 한 바퀴 돌았다. 떡 사세요. 내가 깔깔거리면 간지럼 공격이 이어졌다. 디스크가 도져 병원에서 주사를 맞고 온 뒤 금지된 놀이였지만 낮에는 둘뿐이라 괜찮았다.

나는 이모가 책상 앞을 벗어났을 때가 좋았다. 그 앞만 아니라면 이모는 설거지를 하다가 유리잔을 깨고 냉장고에서 물을 꺼내다가 엎기도 했다. 황급히 바닥을 닦다가 어느새 휴지 한 롤을 다 쓰고 빈 심을 보며 당황한 표정을 짓기도 했다. 내가 그 표정을 보며 키득거리면 입 앞에 손가락을 갖다 댔다. 비밀이 하나씩 늘 때마다 안심이 됐다. 이모의 표정이 조금씩 밝아졌기 때문이다.

반대로 이모가 들려주는 이야기는 날이 갈수록 어두워졌다. 학교에서 한창 유행이라 쉬는 시간마다 무서운 얘기를 들었지만 그것과는 차원이 달랐다. 이모가 이야기를 들려주는 건 잠들기 전 의식이었다. 내가 베개를 끌어안고 인사를 하러 가면 이모는 스탠드를 끄고 책상에서 내려왔다. 구석진 벽에 나란히 기대앉으면 동굴 같은 입이 열렸다. 모니터 불빛이 커튼 틈을 비집고 들어오는 달빛 같았다. 무서운 얘기야? 이모는 고개를 저었지만 그 입에서 나오는 이야기는 어김없이 무시무시했다.

"깊은 산속 동굴에 사는 난쟁이가 있었어. 동굴은 아주 밝아서, 난쟁이는 매일 세상의 어둠을 수집해 왔어. 동굴 안을 어둡게 만들어야 자기가 안전해질 거라고 믿었거든. 인간 세계의 불행을 수집해 왔는데, 원래 환했던 동굴은 날이 갈수록 어두워졌어. 난쟁이는 만족했지. 나는 이제 안전하다고 믿으면서 말이야. 조금씩 더 어두워지고 어두워지고 어두워지고…… 마침내 동굴 안이 칠흑같이 어두워졌을 때, 난쟁이는 깨달았어. 자기 동굴이 불행으로 가득 찼다는 걸 말이야. 나는 좀 더 안전해지고 싶었는데 이제는 불행해졌어. 난쟁이의 눈에서 눈물이 방울방울 떨어졌어."

그날 밤 나는 동굴 앞에 서 있었다. 바람이 불 때마다 마른 풀잎이 바스락거렸고, 어디선가 희미한 울음소리

유
재
영

가 들렸다. 가만히 귀를 기울이니 그 소리는 동굴 안에서 들려왔다. 울음소리가 구슬퍼서 위로해주고 싶었지만 선뜻 발을 뗄 수 없었다. 동굴 안은 너무 캄캄했고 한번 발을 들이면 다시는 빠져나오지 못할 것 같았다. 이러지도 저러지도 못한 채 울음소리를 듣다 보니 내 눈에서도 눈물이 흘러내렸다.

아침에 엄마가 이불이 축축하다며 바지에 손을 넣어 팬티를 만지는데도 평소처럼 투덜거리지 않았다. 그럴 기분이 아니었다. 기운이 없어서 하루가 시작되는 게 아니라 끝나는 때 같았다. 아침도 먹는 둥 마는 둥 하고 현관에서 신발을 신는데 꾹 닫힌 방문이 보였다. 그날따라 그 앞이 캄캄했다. 나는 문을 열어볼까 하다가 그만뒀다.

그런 이모도 기분이 좋을 때가 있었다. 술을 마실 때였다. 가끔 이모 방에 들어서면 달콤하면서 씁쓸한 냄새가 났다. 책상 위에는 캔이 놓여 있었다. 맥주였다. 원고를 넘긴 날이라, 축하하는 거라고 했다. 이모는 책상 의자를 빙글빙글 돌리며 캔에 든 맥주를 꿀꺽꿀꺽 삼켰다. 곧 얼굴이 붉어지고 몸동작이 커졌다. 다가가서 이모 볼에 손을 대면 난로 옆에 선 것처럼 온몸이 훈훈해졌다. 나는 볼에 손을 댄 채 이모를 쳐다봤다. 술에 취하면 혼자서도 잘 떠들었기 때문에 지켜보는 재미가 있었다. 이따금 거기 엄마가 동참했다. 두 사람은 내가 태어나기 전 옛날 애기나 알아듣지 못할 말을 주고받았다. 엄마의 말은 주로 정신 똑바로 차리고 살 생각을 해야지, 로 끝났고 이모는 대꾸 없이 고개를 끄덕였다. 한번은 대표작도 없는데 그럼 버텨야지, 라고 중얼거렸다가 엄마한테 등짝을 얻어맞았다. 엄마의 힘이 얼마나 강력한지 아는 나로서는 그 뒤로 이모가 입을 다물어서 다행이었다.

딱 한 번 이모가 술을 마시고 우는 모습을 본 적이 있다. 그날은 한밤중에 오줌이 마려워 잠에서 깼다. 참다 참다 화장실에 다녀오다가 이모 방 앞에 멈춰 섰다. 안에서 희미하게 울음소리가 들렸기 때문이다. 이모가 슬픔은 사람을 끌어당기는 힘이 있다고 그랬는데, 그날이 그랬다. 가만히 방문을 열자 안이 캄캄했다. 저만치 스탠드 불빛 아래서 이모가 눈 밑을 비비고 있었다. 술냄새가 났다. 나는 방문을 닫고 이모 옆으로 갔다. 책상 가운데 종이 뭉치 대신 책 몇 권이 놓여 있었다. 이모, 왜 울어? 내 물음에 이모는 그 책 위에 손을 올렸다. 이 애기를 쓴 사람이 죽었어. 죽었다는 말에 괜히 나도 울컥했다. 이모의 슬픔이 전염된 듯 내 눈에서 눈물이 뚝뚝 떨어졌다. 이모는 휴지를 돌돌 말아 끊더니 내 눈가를 닦아주었다. 그리고 나를 무릎 위에 올렸다.

"이모가 굉장히 좋아하는 작가였는데, 정말 아름다운 글을 쓴 사람이었는데, 갑자기 세상을 떠났어."

이모는 오늘 처음으로 그 작가를 만났다고 했다. 실재가 아니라 사진으로 말이다. 이제는 다시 그 세계와 만날 수 없다고 생각하니 눈물이 멈추질 않는다고 했다. 내가 그 작가는 왜 죽었는데, 라고 묻자 대답이 없었다. 이모의 표정이 조금씩 굳어갔다. 나는 얼른 책상 위의 책을 가리키며 이건 뭐냐고 물었다.

"그 사람의 세계야."

이모는 책을 다정하게 어루만졌다. 무슨 내용이냐고 물었다. 보나마나 무시무시한 얘기겠지만 이모의 목소리가 점점 차분해지는 것 같아서 자꾸 말을 걸었다. 엄마도 이모에게 말을 자주 걸라고 부탁한 적이 있었으니까 말이다.

이모는 어두컴컴한 이야기만 좋아하는 줄 알았는데 뜻밖에도 그렇지 않았다. 난쟁이 아빠를 닮아 키가 자라지 않는 쌍둥이의 이야기, 대학에서 청소 일을 하며 외롭지만 꿋꿋하게 싸워나가는 할머니의 이야기. 마음속에 커다란 구멍을 안고 살아가다가 결국 사람을 죽일 수밖에 없게 된 열아홉 살 형의 이야기. 그리고 아홉 개로 나누어진 낯선 세계의 이야기도 있었다. 그 이야기들을 설명하면서 이모의 목소리는 가끔 떨렸지만 끊이진 않았다. 다 듣고 나자 절로 한숨이 나왔다. 이모 진짜 슬프겠다. 내 말에 이모의 얼굴이 일그러졌다. 이모는 나를 끌어안고 소리 내어 울었다. 나는 엄마가 방문을 열지 않을까 불안해서 문 쪽을 힐끔거렸다. 한편으로 내가 말을 잘못했나 싶어서 걱정이 됐다. 울음소리는 갑자기 뚝 그쳤다. 이모가 내 품에서 고개를 들었다. 얼굴이 푹 젖어 있었지만 더 이상 울진 않았다.

"이모가 계속 쓸 거야."

이모는 주먹을 불끈 쥐듯 말했다. 이야기는 계속되어야 해. 이모는 그게 진짜 애도라고 했다. 애도라는 말이 무슨 뜻인지는 몰라도 힘이 실려 있었기에 나는 고개를 끄덕거렸다. 난쟁이의 슬픔 같은 거라고 생각했다. 선뜻 들어설 수 없을 만큼 불행으로 가득 찬 세계. 이모는 더 이상 슬픔을 외면하지 않을 거라고 했다. 그게 나니까. 그렇게 계속 쓸 거라고 했다. 무슨 뜻인지는 몰라도 힘을 주고 싶었다. 이모는 뭐든 할 수 있다고 응원의 말을 한 것도 같다.

졸음이 밀려왔다. 이모의 방에서는 시간이 멈춘 것 같았지만 여전히 한밤중이었다. 꾸벅꾸벅 졸기 시작한 나를 이모가 방으로 옮겨다 놓은 모양이다. 다음 날 눈을 떴을 때, 햇살은 같은 크기와 모양으로 쏟아졌고 이불은 여느 때처럼 포근하고 다정했다. 엄마가 깨우러 올 때까지 미적거리다 보니 어제 일이 꿈처럼 느껴졌다. 난쟁이의 동굴에 들어갔다 나온 것 같았다. 이불 위에 스미는 햇살이 작게 쪼그라들 때까지 뒹굴고 싶었다. 계절은 눈 깜짝할 새에 지나갔다.

그렇게 이모가 없는 첫 번째 봄이 왔다. 이모는 이듬해 파주라는 도시로 이사했다. 우리 집을 떠나기 전날 밤 머리맡에서 무언가 이야기를 건넸지만, 제대로 들을 수 없었다. 머릿속이 이모가 떠난다는 사실로 꽉 차 있었다. 내가 울먹이자 이모는 말없이 나를 안아 주었다. 다음 날 아침 눈을 떴을 때 이모 방은 텅 비어 있었다. 그다음에 이모를 만난 건 사진 속에서였다. 이모가 파주보다 먼, 다른 세상으로 떠났다고 했다. 나는 이모와 마지막으로 얘기할 기회를 놓쳤다는 게 억울해서 울었다.

너무 슬픈데 왜 슬픈지, 어떻게 슬픈지 모르겠다고 얘기하면 이모는 뭐라고 말할까. 아무리 생각해도 떠오르지 않았다. 장례식을 치르는 내내 그 대답을 생각했다. 집으로 돌아와 이모의 방으로 들어갔다. 여전히 컴컴한 방문을 열고, 다시 창고가 되어 어수선한 방 가운데 섰다. 열 권이 넘는 책을 탑처럼 쌓아 놓았다. 이모가 썼고, 이모가 편집했고, 이모가 매만진 세계들이었다. 무슨 말인지 몰라도 상관없다. 어쩌면 무시무시할지도 모른다. 나는 바닥에 주저앉아 첫 번째 책을 폈다. 그리고 꾸역꾸역 그 세계로 들어갔다. 내가 만난 첫 번째 세계였다.

그게 뭐가 재미있다고

이경석

2016년 『내일을 여는 작가』로 등단.

예닐곱 살, 유치원생으로 보이는 꼬마 너덧이 뛰고 있었다. 어떤 규칙을 정해놓고 노는 것도 아니었고, 그저 마구잡이로 서로를 쫓아 뛰는 것으로만 보였다. 들판에 풀어놓은 강아지들 같다, 고 주혜는 생각했다. 꺅꺅 새된 소리를 질러대며 무람없이 내달리던 아이들은 어느새 멈춰서 그네를 타거나 잠깐 사라졌다 싶으면 조합놀이대에 연결된 미끄럼틀에서 주룩, 미끄러져 내리곤 했다. 주혜는 저렇게 무작정 뛰는 게 왜 재미있는 건지 진심으로 궁금했다.

– 예쁘죠? 아이들.

제 자식을 바라보는 부모나 지을 법한 표정으로 아이들을 지켜보며 희준이 물었을 때, 주혜는 아이들 대신 그런 희준의 얼굴을 가만 쳐다보고 있던 중이었다.

– 아이들을 참 좋아하시나 봐요?

– 보고 있으면 좋지 않아요? 좋아한다기보다는……
동경하는 것에 가깝죠. 아이들을.

– 동경이요? 저 시절로 돌아가고 싶다, 뭐 그런 건가
요?

– 비슷해요. 나한테도 저런 시절이 있었다. 그걸 잊지
말아야겠다. 그런 걸 일깨워주거든요. 잃어버린 걸 되
찾아 주는 건 귀한 일이잖아요. 그래서 귀한 존재죠. 아
이들은.

여전히 아이들에게 시선을 고정한 채 희준이 하는 말
을 듣던 주혜의 미간이 살짝 구겨졌다. 글 짓는 사람들
이 좀 별나다는 얘기는 익히 들었지만 실제로 마주하니
여간 낯선 것이 아니었다. 희준이 쓰는 말의 대다수는,
영 이상한 정도까지는 아니어도 일상적인 대화와는 반
발짝쯤 떨어진 느낌이었다. 되물어 봤자 자기만 자꾸
멍청해지는 기분이어서, 몇 번 겪은 뒤로 주혜는 그냥
그러려니 넘겨버리고는 했다. 그래도 오늘은 좀 물어봐
야겠다, 주혜는 마음을 굳혔다. 이렇게 만남을 이어갈
수는 없는 노릇이었다.

– 그런데요, 희준씨.

– 네?

– 아이들을 동경한다는 건 잘 알겠는데요.

그제야 희준의 눈길이 주혜의 눈에 가 닿았다.

- 우리는 왜 매번 이런 곳에서 데이트를 하는 거죠? 여긴 꼬맹이들이나 노는 곳이잖아요.

*

글 쓴다고 직장 때려치우고 삼 년 만인가? 올해 초에 신춘문예에 당선돼서 소설가가 됐대. 집이 좀 살아. 지하철역 근처에 4층짜리 건물이 있다니깐, 외아들이고. 당장은 벌이가 없지만 그 정도면 평생 걱정 없지 뭐. 게다가 혹시 알아? 베스트셀러라도 써서 대박 날지.

지은 언니는 끈질겼다. 상담 전화가 쉴 새 없이 이어지는 와중에도 짬이 날 때마다 주혜를 꼬드겼다. 한 달 넘게 이어진 권유에 주혜가 결국 한번 만나나 보자, 결심한 건 여름이 시작될 무렵이었다. 내년이면 서른아홉이라는, 마흔은 넘기지 말아야 한다는 모종의 불안도 등을 떠밀었다. 사실 소개가 들어온 것도 오랜만이었다. 주말도 없이 이십사 시간 삼교대로 운영되는 콜센터 상담사에게 연애는 쉽지 않은 일이었다.

희준을 처음 본 건 지하철역이었다. 카페도, 레스토랑도 아니고 아차산역 4번 출입구 앞에서 만나자던 희준은 처음 만난 주혜를 데리고 다짜고짜 어린이대공원으로 향했다. 이게 무슨 경우인가, 싶었지만 그게 또 뜻밖에 신선했다고 해야 하나, 주혜는 그런 심정으로 피식 웃으며 희준을 따라나섰다. 동물나라에서 미어캣과 작은발톱수달, 일본원숭이와 침팬지, 캥거루와 얼룩말을 구경했고, 재미나라에서 놀이기구를 타자는 걸 주혜가 간신히 사양했고, 대신 자연나라로 향해 야생화를 구경하며 함께 걸었다. 가는 곳마다 유치원과 어린이집에서 단체로 구경 온 꼬마들과 마주쳤다. 뭐가 그리 재미있는지 꼬마들은 연신 배를 잡고 웃어댔다.

오랜만에 굽 있는 구두를 신고 한참을 걸은 주혜의 발이 홧홧해지고, 그게 슬슬 짜증으로 바뀔 때 즈음 둘은 벤치에 앉았다. 희준이 말도 없이 어디론가 가더니 양손에 아이스크림콘을 들고 돌아왔다. 주혜가 썩 좋아하지 않는 초콜릿 맛이었다.

– 놀이공원을 좋아하시나 봐요.

– 좋죠. 볼거리도 많고, 재미있잖아요. 주혜 씨는 안 좋아하세요?

– 딱히 싫어하는 건 아닌데…… 올 일이 없었어요. 덕분에 오랜만에 와 봤네요. 참, 소설 쓰신다면서요?

– 네. 소설 좋아하세요?

– 많이 읽어보지는 못했어요. 창작하는 분들, 예술 분야에 종사하는 분들은 참 대단한 것 같아요. 저 같은 사람은 엄두도 안 나네요.

– 주혜 씨도 예술가예요.

– 네?

- 인간은 누구나 원래 예술가입니다.

무슨 소리인가, 주혜가 의아한 표정을 짓는 동안 희준은 아이스크림을 혀로 핥으며 뛰노는 아이들을 지켜보고 있었다. 눈꼬리는 처지고, 입꼬리는 살짝 올라간 것이 금방이라도 뛰쳐나가 꼬마들과 함께 내달릴 것 같은 표정이라고 주혜는 생각했다.

- 저기 아이들 보이시죠? 아이들은 누가 가르쳐주지 않아도 춤추고, 노래 부르고, 그림 그리고, 역할을 정해서 연극도 하고 그러잖아요. 그러니까 인간은 태어나면서부터 모두 예술가였던 거죠. 크면서 그걸 잊어버린 것뿐이고요.

- 아…… 네…….

- 참, 그런데 그거.

- 네?

- 콘이요. 안 드실 거면 제가 먹어도 될까요?

*

또래가 아니라 한참 어린 동생과 만나는 기분이 종종 들었다. 근사한 곳에서 식사도 하고 어른답게, 그렇게 만나고 싶다는 생각이 들면 그만두자, 했다가도 또 묘하게 끌리는 구석이 있어서 주혜는 쉬이 마음을 정하지 못하고 갈팡질팡했다. 지은 언니의 끊임없는 부추김도

한몫했다. 사람이 나쁜 것도 아니고, 그게 뭐가 이상하니? 애들 좋아하는 사람 치고 나쁜 사람 없다더라. 고작 몇 번 만나 보고 어떻게 사람을 알겠니. 조금 더 만나 봐. 아주 마음에 안 드는 것도 아니라며……. 어느새 한낮의 뙤약볕은 기세가 한풀 꺾여 있었다.

아이들 노는 곳은 그만 갔으면 좋겠다고 얘기한 다음 날 저녁, 교대 시간에 맞춰 희준이 불쑥 주혜의 회사에 찾아왔다. 근처 주차장에 세워둔 고급 승용차를 본 주혜는 내심 기대를 품었다. 하지만 그런 기대도 잠시, 희준이 차를 몰아 간 곳은 멀지 않은 곳의 한 초등학교였다. 의아해하는 주혜의 손목을 잡아끌고 희준은 학교 운동장에 섰다. 화가 나는 건지, 기가 막힌 건지 모를 기분에 주혜는 피식, 웃음이 났다. 해질녘 너른 운동장이 휑했다.

- 초등학교라. 연령대가 조금은 올라갔네요? 여긴 왜요?

- 놀이터는 아무래도 좀 좁아서요.

- 네?

그때였다. 희준이 손바닥으로 쩍, 소리가 나도록 주혜의 등을 후려쳤다. 그러곤 달리기 시작했다. 눈물이 핑 돌 정도로 아팠다. 달아나던 희준이 뒤돌아서더니 혀를 날름거렸다. 저런 또라이 새끼가…… 하마터면 입 밖으로 욕이 튀어나올 뻔했다. 잡아봐요, 잡아봐. 그 순간, 주혜가 달리기 시작했다. 이게 뭔가, 내가 지금 뭘 하고 있는 건가, 생각도 들었지만 될 대로 돼라 싶기도 했고, 짜증도 좀 나는 것이, 일단 저 자식을 쫓아가 잡고 봐야겠다, 뭐 그런 복잡한 심정이 뇌리를 스쳐갔다. 그렇게 스친 것이 등까지 떠밀어 어쨌든 주혜는 이를 앙다문 채 달렸다. 잡히면 죽을 줄 알아요. 오, 잘 뛰네요. 잡아봐요, 잡아봐.

한낮의 기운이 채 가시지 않아 뜨스한 운동장을 달리다 보니 이마와 등줄기엔 금세 땀이 솟았다. 참 오랜만의 뜀박질이었다. 양다리가 무지근해왔지만 주혜는 기분이 좋아지는 걸 느꼈다. 무작정 뛰는 게 왜 재미있다는 건지 어쩐지 조금은 알 것도 같았다. 어쩌면 그런 아이들을 흐뭇한 표정으로 지켜보는 기분까지도. 저물녘 어스름에 불어오는 바람이 선선했다. 주혜는 자꾸 웃음이 났고, 희준을 좀 더 만나 봐야겠다고 생각했다. 그림자가 길쭉해졌고, 둘은 아마도 그것마저 재미있었다.

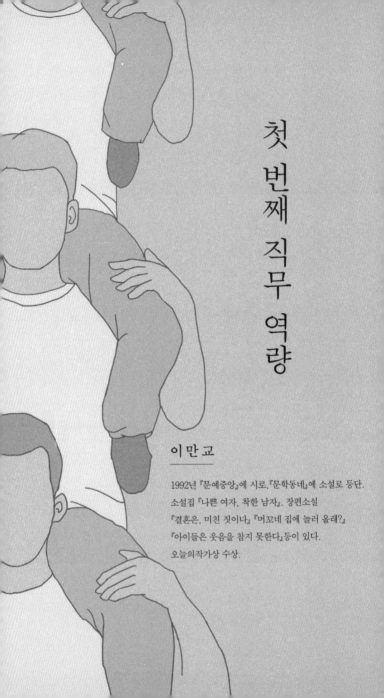

첫 번째 직무 역량

이만교

1992년 『문예중앙』에 시로, 『문학동네』에 소설로 등단.
소설집 『나쁜 여자, 착한 남자』. 장편소설
『결혼은, 미친 짓이다』 『머꼬네 집에 놀러 올래?』
『아이들은 웃음을 참지 못한다』 등이 있다.
오늘의작가상 수상.

연옥의 한 마을에 마음씨 착한 천사 하나 씨가 살았다. 세상에 착하지 않은 천사가 있을까마는, 하나 씨는 그중에서도 유달리 착했으므로, 매우 선량한 천사에게나 주어지는 특별한 직무가 주어졌다. 생전에 나쁜 짓을 한 영혼들을 지옥의 입구까지 안내하는 일이었다.

이제 막 죽은 육체를 빠져나온 어린 영혼을 지옥의 문 앞으로 안내하는 일은 여간 곤욕스러운 일이 아니었다. 생전에 아무리 나쁜 짓을 저질렀다 해도, 이제 막 육체를 빠져나온 영혼은, 마치 엄마 배 속에서 갓 나온 아기처럼, 자신의 눈앞에 펼쳐져 있는 사후 세계를 믿을 수 없다는 표정으로 바라보았다.

지옥행 인간치고 사후 세계를 기대한 인간은 아무도 없었다. 죄를 저질렀기 때문에 사후 세계를 바라지 않는 게 아니라, 사후 세계를 믿지 않았기 때문에 죄를 저지른 것이므로, 그들은 정말 아무것도 몰랐던 순진한 사람만이 지어 보이는 당혹스러운 표정을 지어 보였다.

심지어 자신이 죽은 사실조차 제대로 받아들이지 못했다.

"내가 죽은 거란 말인가요?"

뿐만 아니라 불멸의 영혼이 존재하는 사실에 당혹스러워했다.

"그런데 왜 아직 이렇게 살아 있는 거죠?"

생전에 자신의 신체나 정신, 심리나 감정, 생각이나 느낌 따위에만 집중한 그들로서는 당연한 반응이었다.

"당신의 영혼은 영원히 죽지 않습니다."

하나 씨가 설명하면, 더없이 난감한 표정을 지어 보였다.

"그럼 저는 영원히 지옥에 머무르는 건가요?"

"죄송합니다."

하나 씨는 사실대로 말했다.

"제 임무는 지옥문 앞까지 당신을 안내하는 것입니다. 그 이후의 세계에 대해서는 저도 잘 모릅니다."

세상 사람들이 죽음 이후를 모르듯, 연옥의 천사들은 연옥 이후에 대해 알지 못했다.

"인간 세상에서도 일정한 형량을 마치면 출소하지 않습니까?"

다만 그들이 진심으로 잘못을 뉘우치면 그만 천당으로 갈 수 있지 않을까 생각했다.

선한 영혼 특유의 선한 의도로 하나 씨가 위로했다.

"하물며 지옥이라고 모든 사람을 언제까지나 벌을 주지는 않을 겁니다."

2

하나 씨가 보기에 진심으로 잘못을 뉘우치는 게 가장 중요한 문제 같았다. 진심으로 잘못을 뉘우치면, 자신이 벌을 받아야 마땅하다고 생각될 것이기 때문에, 벌 받는 동안에도 마음만큼은 평화로울 터였다.

하지만 잘못을 뉘우치는 영혼들은 거의 없었다. 억울하다며 주저앉아 우는 영혼이 있는가 하면, 다시 한 번 기회를 달라고 조르는 영혼도 있었다. 불공평하다고 화를 내는 영혼도 있고, 밀치고 달아나려는 영혼도 있었다.

이러한 영혼들을 달래 지옥문 안으로 넣는 일은 여간 수고스러운 일이 아니었다. 살인자나 강도, 독재자나 족벌 기업가처럼 범죄 사실이 명백한 경우는 그나마 나았다. 사업에 실패한 뒤 남겨두면 고아로 자라 평생 고생할 것 같아서 아이들과 동반 자살한 부모라든가, 잠간의 졸음운전으로 소풍 가던 맞은편 일가족의 목숨을 앗아간 사고를 낸 교통사고 가해자처럼, 너무 무르고 유약해 자신이 악행을 저지르는 줄도 모르고 저지른 경우도 적잖았다.

"다만 깜박 졸았을 뿐이라구요!"

졸음운전자는 말이 많았다.

"물론 운전하면서 졸면 안 되지요. 하지만 졸고 싶어 조는 사람 있나요? 졸고 싶지 않았는데 저도 모르게 그만 깜박 졸았던 거예요. 더구나 존다고 모든 사람이 교통사고를 내는 건 아니잖아요?"

자신이야말로 운이 나빠도 너무 나쁘다는 것이다.

"하다못해 전철에서 어르신들을 보면 언제나 자리 양보를 했는데, 졸음운전으로 죄 없는 일가족을 죽이는 끔찍한 운명이 기다리고 있었다니, 저보다 불행한 사내가 또 있을까요? 천국은, 저같이 억울하고 분한 처지에 몰린 영혼에게 주어져야 하는 거 아닌가요?"

그의 주장이 나름 그럴듯하여 하나 씨는 고개를 끄덕여주었다. 그러나 그럴수록 그는 지옥문 들어가기를 꺼렸다.

"그렇게 고개만 주억거리지 말고 어떻게든 제 억울한 사연을 알리고 바로잡아야 하는 거 아닌가요?"

자신이 졸음운전으로 죽어 지옥에 가지만, 사고를 당한 일가족은 모두 천국에 간다면, 자신의 행동이 나쁜 행동만은 아니라는 것이다.

"더구나 제 아내는, 이제 제가 가입해둔 보험으로 더 나은 생활을 하게 될 거라구요."

그는 더없이 억울한 표정을 지었다.

"그렇다면 대체 내가 뭘 잘못했다는 거죠?"

잘못을 저지르고도 반성할 줄 모르는 모습에, 하나 씨가 나무라듯 설명해주었다.

"보험 제도가 당신 아내에게 도움을 준다고 해서 당신이 저지른 교통사고 결과가 달라지는 건 아니잖아요? 억울하게 죽은 일가족을 천국으로 보낸 건 신께서 베푼 보상이지, 당신이 한 일이 아니잖아요?"

3

하지만 업무를 수행하면 할수록 더 많은 의문과 회의에 시달렸다. 그들이 저지른 짓은 이미 전생의 일이지 않은가. 모르고 저지른 잘못이거나 의도하지 않은 잘못이라면 마땅히 정상 참작을 해야 하지 않나.

더구나 졸음을 참지 못해서라거나 탐욕을 절제하지 못해 저지른 경우처럼 육체의 어리석음에서 비롯된 잘못이라면 응당 육체가 그 벌을 받아야지, 어째서 사후의 영혼이 받는단 말인가.

오늘 오후에 지옥으로 안내한 주부의 영혼 역시 어떻게 응대해야 할지 참으로 난감했다. 그녀의 사인은 대장암이었다. 자식 잃은 슬픔을 술과 약으로 달랜 결과였다. 너무 안타까운 나머지 서류 담당 천사에게 이의를 제기해보았다.

"이런 불쌍한 분은 천국으로 가야 하는 거 아닌가요?"

담당 천사가 차트를 들여다보며 말했다.

"아이가 성적 비관으로 자살을 했군요. 하지만 단지 성적을 비관해서가 아니라, 어머니가 너무 엄하게 키운 바람에 초등학생 때부터 강박 우울증에 시달렸어요."

담당 천사 자신도 안타깝다는 듯 어깨를 으쓱해 보였다.

하나 씨가 보기에도 가혹했다. 학원을 빼먹으면 밥을 굶겼다. 귀가 시간을 어기면 벌을 주었다. 숙제를 마치기 전에는 절대로 텔레비전을 보여주지 않았다. 누워서 과자를 먹으면 빼앗았다.

그러나 그녀는 반성하지 않았다.

"저는 아이를 사랑해서 그렇게 한 거예요. 다시 태어나도 그렇게 키울 거예요."

죄질 나쁜 인간들에게서 흔히 나타나는 자학적인 고집과는 달랐다. 차라리 천국과 지옥이라는 상벌제에 대한 조롱에 가까웠다.

이
만
교

"제 아이만큼은 지옥에 가지 않을 거예요. 아주 작은 잘못에도 제가 그 즉시 벌을 내렸으니까요."

하나 씨는 놀라 그녀 얼굴을 빤히 쳐다보았다.

"아니, 이렇게 불행한 결과를 낳았는데, 어째서 뉘우치지를 않는 거죠?"

그러자 그녀가 화를 내며 따졌다.

"다른 더 좋은 방법을 내가 알았더라면 그렇게 키웠을 거예요. 저로서는 달리 다른 방법을 몰라서 그렇게 키운 거예요."

어쨌든 자신은 지옥을 가더라도 자식만큼 천국에 갔지 않았냐며 반문했다. 자신은 자신의 아이만 잘되면 그걸로 만족한다는 것이다.

"만약 다른 방법을 썼다가, 저는 천국 가고 제 아이가 천국에 가지 못하면 그땐 어떡하죠?"

4

일을 마친 하나 씨는 습관처럼 시장에 들렀다. 술 생각이 간절했다. 퇴근 때마다 맥주를 즐기던 생전 습관이 영혼 깊숙이 박힌 듯했다. 시장은 영성체 하고 남은 떡과 포도주로 세상 음식을 만들어 파는 가게들로 즐비해서, 그야말로 사람 사는 냄새가 났다.

"그걸로 저녁 식사가 돼요?"

단골 가게로 들어서자 천국행 안내 천사인 진석 씨가 국수를 먹고 있었다.

"제가 면을 워낙 좋아해서요."

진석 씨가 사람 좋아 보이는 웃음을 웃으며 말했다. 표정만 보면 그가 하나 씨보다 훨씬 더 선량한 천사 같아 보였다.

하나 씨에게도 권하더니, 사양하자 더없이 맛난 음식을 삼키듯 면을 삼켰다.

그가 면을 먹는 모습을 보고 있으면 면을 별로 좋아하지 않는 하나 씨도 면이 먹고 싶어질 정도였다.

"부럽습니다."

하나 씨가 술을 받으며 말했다.

"천국 문으로 안내받은 영혼들이 행복해하는 모습을 매일 보실 테니 얼마나 행복하세요."

"아, 네!"

그가 웃음을 지어 보였다.

면이 맛있어 짓는 것도 같고 하나 씨 말에 동의하는 것도 같은 웃음이었다.

국물까지 다 삼키고 나서 하지만, 하고 진석 씨가 보탰다.

"하지만 특별히 착한 천사에게 맡기는 일을 하시는 거니까 하시면서 보람이 남다르지 않은가요?"

이
만
교

지옥행 안내는 천국행 안내보다 훨씬 더 힘들지만, 그만큼 힘든 일을 감내할 만한 보다 착한 천사에게 주어지는 업무라는 자긍심으로 하는 일이었다.

하지만 그래봤자 자신에게 주어진 업무란 지옥으로 보낼 사람을 어김없이 지옥으로 보내는 일에 지나지 않았다.

"이런 식이면 차라리 컨베이어 벨트가 더 잘하지 않을까요?"

하나 씨가 투덜거리자, 진석 씨가 동의했다.

"그러고 보니 저희는 안내만으로 기분 좋은데, 지옥행 안내는 쉽지 않겠어요."

말을 마치고 나서 보탰다.

"차라리 컨베이어 벨트나 안내 로봇 같은 걸로 대신해달라고 건의를 해볼까요?"

그러자 손님이 뜸한 틈을 타서 그들 얘기를 듣던 주인이 참견했다.

"건의를 한다고 위에서 들어주면 벌써 바뀌었게요."

하나 씨가 묻고 싶은 질문을 진석 씨가 가로챘다. "건의를 한 적이 있답니까?"

주인이 동문서답하듯 반문했다.

"아, 위에 천사들이 뭐가 아쉬워 우리 같은 아래 천사들 건의를 들어주겠어요?"

"그렇긴 하죠."

진석 씨가 고개를 주억거렸다.

"그럴 필요가 있으면 신께서 어련히 알아서 이미 지시하셨겠죠."

5

하나 씨는 그만 자리에 누워 잠을 청했다. 하지만 잠은 쉬이 오지 않았다. 걱정 근심이 있어 오지 않는 게 아니라 없어서 오지 않는 불면이었다. 가게 주인의 말마따나, 전지전능한 신께서 정해놓았기 때문에 그 무엇도 걱정할 필요가 없었다. 걱정을 한다는 것은, 그만큼 신을 믿지 못한다는 반증에 지나지 않았다. 신의 존재를 알고 나자, 근심 걱정이란 단지 신을 믿지 못하는 자에게 내려지는 벌의 일종에 불과했다.

하나 씨 자신이 자기 업무에 대해 품은 의문과 회의 역시 합리적인 생각의 결과라기보다 믿음이 부족해서 생겨나는 벌일 수 있었다. 하나 씨 자신조차 의문을 제기하는 문제를 신께서 헤아리지 못할 리 없었다. 신은 한결 더 깊은 이해와 사랑으로, 누가 보더라도 감탄하지 않을 수 없는 합리적 절차와 법칙을 마련해두었을 것이다.

혹여 그러한 것이 마련되어 있지 않다 하더라도, 인

간 세상에 대한 불공평을 사후 천국과 지옥이라는 상벌을 통해 보상해주듯, 보상해줄 또 다른 세계를 마련해두고 계실 거였다.

생각이 여기에 이르자 하나 씨는 그만 일어나 앉았다.

모든 행동에 합당한 상벌이 주어진다면 대체 선행을 주저해야 할 이유가 뭐란 말인가.

선행을 할수록 그에 합당한 상이 주어질 예정이라면, 그렇다면 하나 씨 자신이 할 일은 너무나 자명했다.

그것은 꽤 오래 전부터 생각해온 것이었다.

불쌍한 지옥행 영혼들을 지옥문 앞까지 안내한 다음, 세상에서 가장 고통스러운 자의 비명과도 같은 마찰음을 내며 지옥문이 열리는 순간, 그들 대신 들어가 벌을 받는 것이다.

그러나 이러한 행동이야말로, 신께서 자신에게 내린 임무에 대한 반역과도 같은 행동이기 때문에 그 자체로 지옥행이 될 수도 있을지 몰랐다.

하지만 지옥행 영혼들에 대한 안타까운 연민으로 저지른 행동이라는 점을 어여삐 여겨 보다 나은 천국행 자리를 내주실지 모를 일이었다.

아니 어쩌면 이러한 결과를 노리고 하는 선행이라는 이유로 상은커녕 벌을 받을지 몰랐다.

하지만 선악에 상응하는 상벌을 내리실 거라는 믿음

이 있어야 옮길 수 있는 행동이라는 점에서 가상하게 봐주실지도 몰랐다.

과연 어떤 판결이 내려질까.

아무려나 도전해 볼 만한 일 같았다. 지금과 같은 일과를 영원히 반복하는 것보다는.

신이 정해놓은 섭리에 대한 도전!

가슴이 뛰었다.

마치 살아 있을 때처럼.

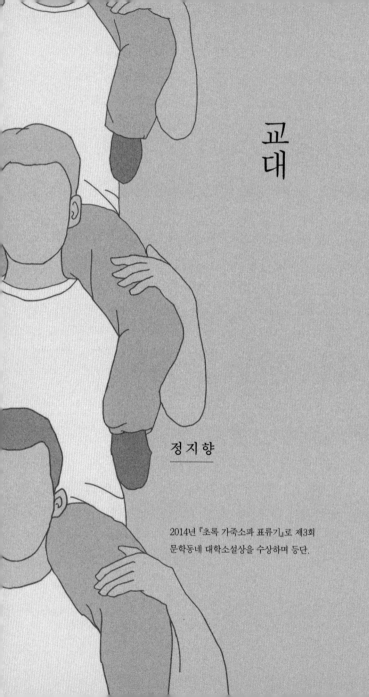

교대

정지향

2014년 『초록 가죽소파 표류기』로 제3회
문학동네 대학소설상을 수상하며 등단.

교대는 일곱시였지만 재희는 보통 한 시간 쯤 여유를 두고 숙소를 나섰다. 행사가 없는 날 연수원은 고요했다. 텅 빈 건물이 내는 공명이랄까 기운 같은 것만이 복도와 층계를 채우고 있었다. 재희는 슬리퍼를 끌며 걸음을 옮겼다. 열린 창으로 한여름 더위에 짓무른 식물의 풋내가 스몄다. 그는 올 초 한 기업의 편의점 사업부에 합격해 이곳으로 첫 발령을 받았다. 한동안 기약 없이 지방을 떠돌게 될 줄 모르고 입사한 건 아니었다. 영업부로 정식 발령을 받기까지 길게는 삼 년이 걸린다고 했다. 좋은 말론 매장을 직접 꾸려보며 영업에 대한 감각을 체득하는 과정이라 했지만 업무는 아르바이트생의 그것과 다를 바 없이 잡다했다. 때문에 대기업치곤 그다지 선호되는 직종이 아니었는데, 재희가 대학을 졸업하고 몇 년째 면접의 문턱에서 허덕이는 사이 다 옛말이 되었다. 재희의 동기 중에는 해외 유학과 금융사 인턴 경험, 두 가지 이상의 공인 인증 어학 점수로 무장한 이들이 수두룩했다. 수도권의 그저 그런 대학 출신에, 스펙이라곤 단정한 학점과 조금 높은 토익 점수밖에 없던 재희로선 재고 말고 할 것이 없는 셈이었다.

매장은 연수원을 등지고 한적한 도로에 면해 있었다. 근처 군부대의 지프 한 대가 재희의 곁을 빠르게 스치고 지나갔다. 맞은편으론 태양광 발전소였다. 완만한 언덕을 따라 일정한 간격으로 늘어선 집열판이 사그라져가는 늦은 오후의 볕을 흡수하는 중이었다.

왜 벌써 나왔어요.

창고에서 재고를 정리하던 김은 재희의 기척에 허리를 폈다. 매장 스피커로 그가 틀어둔 영어 교습 프로그램이 흘러나오고 있었다. 외국인 강사는 유창하고 부드럽게 원문을 읽은 다음 더듬더듬 해석을 덧붙이길 반복했다. 재희는 면장갑을 찾아 끼고 김에게로 다가갔다. 김이 빈 상자를 밖으로 밀어내면 재희가 받아 차곡차곡 접었다. 새로 닦은 바닥과 시식대는 물기를 머금고 있었고, 공기 중에 옅게 소독약 냄새가 났다. 김은 본사에서 권장하는 청결 활동 매뉴얼을 완고하게 따르는 편이었다. 손님들의 손이 별로 닿지 않는 매대 아래쪽 상품을 자주 꺼내 닦았고 원통에 든 껌과 유제품 코너의 커피까지도 모두 로고가 한 방향을 향하도록 정렬했다. 천장에 박힌 여덟 개의 LED 전구를 정기적으로 교환해 쨍한 조도를 유지했고, 분리수거가 끝나면 쓰레기통을 밖으로 꺼내 거품을 냈다.

재희로선 할 일이 줄어 고마운 한편, 뭘 그렇게까지, 싶어 때때로 마음이 불편했다. 김은 재희와 동갑이었지만 제대 후 곧장 고졸 3급 사원으로 입사해 연차로는 한참 위였다. 3급 사원인 것을 감안해도 아직 점장이면 좀 늦은 편이었다. 그간 몇몇 매장을 거쳐왔다는 김은 "모든 편의점엔 핵심이 있거든요"라고 시작되는 말을 하길 좋아했다. 야구장과 유원지 앞 매장의 핵심은 닭튀김과 소프트아이스크림 기계에, 학원가 앞 매장의 핵심은 발렌타인데이 판촉 행사의 하트 무늬 포장지와 아이들의 시선이 닿는 카운터 앞쪽의 젤리 배열에, 지하철 역사 내 매장은 구강청결제와 비닐우산 재고 확인에. 핵심이 확실한 매장은 일하기에 따라 매출 개선 효과도 확실해서 인사 평가에 영향이 가기 마련이었다. 그에 비하면 이곳 매장은 특별한 매출 요인이 없었다. 주 고객은 워크숍 일정으로 연수원을 찾은 본사와 계열사, 그리고 회사와 이런저런 하청 관계로 얽힌 몇몇 중소기업의 직원들이었다. 담배 판매량은 오피스 상권과 비슷했고, 식품 판매량은 어디와 비교해도 떨어졌다.

굳이 꼽자면 팬티가 좀 많이 팔리는 편이어서 평균보다 많은 종이 구비되어 있었다. 노력한다고 해서 좋아질 구석이 없는데 흠 잡힐 일은 많았다. 동네 슈퍼가 닫은 밤늦은 시간 상비약이나 소주를 사러 오곤 하는 동네 사람들도 연수원이 어떤 회사의 것인지 잘 알았다. 이십사 시간 불을 밝히고 선 편의점은 연수원의 간판처럼 보였다.

그래도 재희 씬 저랑 상황이 다르죠. 이제 시작이고. 저도 대학 그만두지 말 걸 그랬어요.

대화 끝에 김이 우울하게 말할 때마다, 재희는 진심으로 위로하고 싶은 마음과 동정심을 들킬까 하는 걱정 사이에서 고민하다가 입을 다물었다.

서쪽이 산봉우리로 둘러싸여 해는 금방 졌다. 재희는 외등 아래 시커멓게 쌓인 하루살이와 나방 시체를 쓸어 담았다. 교대를 마치고 숙소로 올라갔던 김이 08년식 아반떼를 몰고 다시 나타났다. 올 때 들를게요, 창을 내려 소리친 그가 깜깜한 도로에 헤드라이트를 비추며 멀어져갔다. 재희는 도시락을 꺼내 들었다. 한나절 자리를 채웠다가 조금 전 폐기된 상품이었다. 김이 신경 써 닦아 놓은 시식대를 쓰는 게 내키지 않아 야외에 플라스틱 테이블을 폈다. 햄에서 풍기는 오래된 기름 냄새에도 구미가 당겼다. 종일 아무것도 먹지 못한 참이었

정
지
향

다. 돈가스는 꺼끌꺼끌했다. 숙소 냉장고에서 쉬어가고 있는 엄마의 생선조림과 무김치가 떠올랐다. 밥을 좀 해먹어야지, 마음을 먹어도 퇴근 후엔 주방으로 들어서기가 쉽지 않았다. 김은 자주 근처의 K시 시내로 나가 밥을 사 먹고 카페나 영화관에도 가는 모양이었다. 재희에게도 발이 필요했다. 특히나 이런 곳에서는. 재희는 틈이 날 때마다 휴대폰을 열어 학자금대출 상환기한을 확인하고, 새로 프로모션에 들어간 승용차가 있는지 둘러보곤 했다.

지난주에는 미가 다녀갔다. 몇 달째 한번 오기로 약속했는데 좀처럼 시간이 맞질 않았다. 처음엔 주말 아르바이트생이 그만두는 바람에 재희가 매일 근무를 해야 했다. 미는 이교대, 그러니까 하루 열두 시간 근무를 한 달 내내 하고 있다는 재희의 말을 납득하지 못했다. 믿지 못했다기보단 믿고 싶지 않았을 것이다. 김과의 긴 회의 끝에 이웃의 다문화 가정 학생을 채용했을 땐 미가 여동생의 졸업 기념으로 함께 유럽 여행을 떠났다. 그간 가끔 서울에서 만나 데이트를 하긴 했지만, 미가 이곳에 온다는 건 재희에게 보다 의미 있는 일이었다. 재희가 전화를 받고 편의점으로 내려갔을 때 미는 콜라를 계산하는 중이었다. 네이비 원피스에 같은 톤의 단화를 맞춰 신은 산뜻한 옷차림과는 달리 미의 얼굴엔

피곤이 눌어붙어 있었다. 온종일 지하철에서 시외버스로, 다시 시내버스와 택시로 실려 온 탓이었다. 미는 대뜸 창밖의 풍경에 대해 말했다.

청보리밭이라며.

아르바이트생이 미와 재희를 번갈아 봤다. 미처 숨기지 못한 호기심이 실린 눈길이었다. 재희는 미의 손끝을 따라 시선을 돌렸다. 길 건너의 커다란 태양광 집열판이 창을 가득 메우고 있었다.

거짓말은 아니었다. 재희가 이곳에서 신입사원 연수를 받을 때만 해도 거긴 보리밭이었다. 애초에 이곳을 첫 발령지로 선택한 것 역시 그 풍경 때문이었다. 재희는 서울내기였다. 평생을 서울에서 살았고, 양 조부모와 비교적 왕래가 있는 친척들도 마찬가지였다. 기왕 지방에 가야 한다면 서울과 비슷한 소도시보다는 시골에서 지내보고 싶었다. 여태까지와는 다른 곳, 낯선 사람들과 몸을 스치며 체취를 섞을 일 없고 하루 종일 유행곡을 듣지 않아도 되는 곳. 재희가 의견을 전하자 인사 담당자는 창밖을 가리켰고, 거기 푸른 보릿대 위로 드물게 따뜻한 봄볕이 내려앉고 있었다. 일주일 만에 짐을 싸들고 돌아왔을 때는 공사가 한창이었다. 곳곳에 '마을 경관 다 망치는', '무분별한 대규모 사업 허가' 어쩌고 하는 플래카드가 나부꼈다. 포크레인이 오가며 언덕의 붉은 속흙을 다 까뒤집었다. 마을의 특산품이라는 머루에 대해 자랑을 늘어놓던 택시 기사는 재희의 시선을 눈치채고, 돈 버는 사람은 하나니까 그렇지 뭐 세워놓기만 하면 다 돈이 된다던데, 무심히 중얼거렸다.

미와 재희는 한 줄로 갓길을 걸었다. 한쪽으론 끝없이 발전소가, 반대쪽으론 드문드문 버섯농장과 문 닫은 직판 가판대가 이어졌다. 곧 땀이 줄줄 흘렀다. 연수원으로 돌아가 택시를 부르자 해도 미는 대답이 없었다. 재희는 왠지 모르게 미안했다가 곧 짜증이 났다. 이번에는 묻지 않고 콜택시에 전화를 걸었다. 기사에게 알려준 지점에서 한참이나 더 앞으로 나아간 뒤에야 택시가 나타나 그들 앞에 멈춰 섰다. 택시 안은 구원처럼 시원했다.

일단 숙소를 잡고 짐을 풀자.

미가 한참만에 고개를 끄덕였다. 재희가 그, 저기, 어디 숙소가 있지 않나요, 더듬거리는 사이 미가 입을 열었다.

가까운 모텔로 가주세요.

늙은 기사는 백미러로 미를 흘끔 보더니 차를 돌렸다. 그곳에서 멀지 않은 군부대 근처에 모텔이 몇 개 있다는 걸 알았지만 재희는 아무 말도 하지 않았다. 차는 터미널을 향해 갔다. 번쩍번쩍한 모텔 골목에서 가장 깨끗해 보이는 곳을 골라 들어갔을 땐 해도 떨어지지 않은 시간이었다.

그날 미는 소주를 마시다 좀 울었고, 재희는 그게 자기 탓인지 아닌지 확신하지 못했다. 그들이 만난 이후로 미는 쭉 아랍계 항공사 승무원 준비를 해왔는데, - 종교 때문에 자국 여성들을 쓸 수 없어 폭넓게 해외 채용을 하는 거라고 했다 - 갑작스레 모든 게 중단된 건 유가 하락 때문이었다. 오일 값이라는 게 어떤 힘에 의해서 움직이는지, 그게 아랍의 항공사에 어떤 영향을 미치는지 재희도 미도 정확히 알지 못했고, 그래서 언제 그 위기가 지나가고 또 그것을 위해 어떤 노력을 해야 하는지도 묘연하기만 했다. 재희는 화장지를 손에 꼭 쥐고 계속해서 미의 얼굴을 닦아주었을 뿐 아무 말도 하지 못했다.

그래두 섹스는 했다. 그건 그날의 무엇 때문이라기보다는 몇 해 전 둘이 호주에서 만나 함께 보냈던 시간들 덕분이었다. 재희와 미는 그때 온종일 낯선 언어에 치여가며 돈을 벌고 돌아온 서로를 위해 해줄 위로의 말이 얼마든지 있었다.

미는 밤새 틀어둔 에어컨 바람에 감기를 얻어 돌아갔다. 재희는 터미널 약국에서 산 종합감기약을 미의 손에 쥐여 주었다. 버스에 올라탄 미가 재희를 향해 반듯하게 미소 지었다.

*

편의점에는 왕뚜껑이나 삼다수처럼 박스 째 쌓여 있는 물건이 있는가 하면 대학노트나 살충제, 설거지 스폰지와 코털가위처럼 꼭 한 개씩만 구색을 갖춘 물건도 있었다. 재희는 그 삼천 종의 상품을 이제 어렵지 않게 관리할 수 있었다. 매주 새로 들어오는 2+1 증정 행사 카드를 분류해 꽂고, 그것에 따라 매대를 새로 구성했다. 신상품을 검토해 발주 목록을 수정하고 자주 팔리는 상품의 주문량을 세심하게 늘렸다. 밤새 불을 밝혀 놓고 가만가만 매대 사이를 걷다 보면, 과연 이런 것도 팔릴까 싶은 물건이 눈에 띄었다. 그러나 때론 새벽 잠옷 바람으로 연수원에서 나온 어느 기업의 새내기가 풍성한 인조 속눈썹을 집어 들거나, 길을 잘못 든 화물트럭 기사가 캔커피와 함께 러브젤을 사 갔다. 이런 게 편의점이구나, 때마다 재희는 뭔가를 새로 배운 듯한 기분이 들었고, 기념 삼아 그 빈자리를 잠깐 남겨두고 싶었다. 하지만 한 차례 물류 차량이 다녀가고 나면 자리는 다시 채워졌다. 편의점이란 또 그런 것이기도 하니까.

　새로 배운 것 중엔 밤의 색에 관한 것도 있었다. 자정이 지나면 마을은 불빛 하나 없이 깜깜했는데, 달이 기울면서 하늘의 색도 좀 더 검게 변했다가 푸르러졌다가 했다. 계절이 흘러가는 동안 일출이 빨라지고 다시 차

츰 늦어지는 매일의 변화에도 예민해져서 창 쪽으로 고개를 돌리다가 문득문득 그것을 알아차렸다. 자신에게 있으리라고 상상해본 바 없는 동물적인 감각이었다. 어쩌면 재희가 요즘 통 숙면하지 못하는 건 그 변화 때문인지도 몰랐다. 언젠가 재희의 엄마가 늦도록 침대에 붙어 있는 그의 등을 내려치면서 잔소리했던 것처럼, 사람이란 밤에 자고 낮에 움직이도록 생겨먹은 것인지도.

그래도 재희는 성실하게 일했다. 가끔은 CCTV를 향해 얼굴을 돌려보기도 했다. 누가 보고 있나요, 묻듯이. 밤새 손님이 없어도 재희는 아침이면 화장실에 간다는 푯말을 걸어두고 나가 담배를 피웠다. 어디라도 눕기만 하면 곯아떨어질 것처럼 피로가 몰려왔다. 아침볕이 재희의 맨 발등으로 떨어졌고, 밤새 어둠에 싸여 있던 집열판들도 빛을 받기 시작했다. 근처의 도시로, 좀 더 많은 사람들이 빛을 필요로 하는 곳으로 에너지를 옮기기 위해서. 그것들은 꼭 같은 각도로 하늘을 향해 고개를 쳐들고 있었고, 그래서 때로 어떤 의지를 가진 것처럼 보였다. 곧 저편에서 김의 발소리가 들리기 시작했다. 아침 일곱시, 다시 교대 시간이었다.

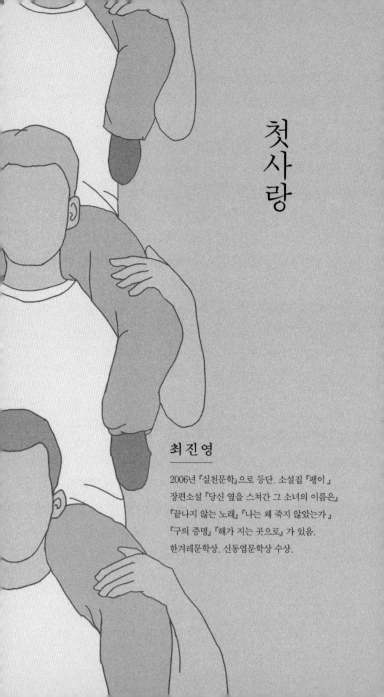

첫사랑

최진영

2006년 『실천문학』으로 등단. 소설집 『팽이 』
장편소설 『당신 옆을 스쳐간 그 소녀의 이름은』
『끝나지 않는 노래』 『나는 왜 죽지 않았는가』
『구의 증명』 『해가 지는 곳으로』 가 있음.
한겨레문학상, 신동엽문학상 수상.

내가 예전에 사 준 스킨과 로션이 다 떨어졌다며, 똑같은 것을 사려면 어디로 가야 하느냐고 엄마가 전화로 물었다. 나는 고추 참치에 비빈 밥 한 숟가락을 씹어 삼킨 뒤 대답했다.

그거 이니스프리에서 산 건데.

어딘데 거기가.

사거리 국민은행 근처에…….

말하다가, 엄마가 이니스프리 간판을 읽을 수 없다는 걸 깨달았다.

엄마. 국민은행에서 왼쪽으로 조금만 가면 커피마루 있잖아.

말하다가, 커피마루 간판도 영어로 되어 있다는 걸 깨달았다.

너랑 여름에 들렀던 그 카페 말이지. 하고 엄마가 대꾸했다.

응. 그 카페 맞은편에 던킨도너츠 옆 골목으로 들어가면…….

말하다가 나는 조금 짜증이 났다. 던킨도너츠도 영어 간판 아닌가.

빵 가게 있잖아. 거기 옆 골목으로 쭉 들어가면 초록색 간판으로 된 화장품 가게가 있어. 하얀색 간판 말고 까만색도 아니고 초록색. 거기서 똑같은 거로 고르면 돼.

엄마는 알았다며 전화를 끊었다.

엄마는 속고 살까 봐 걱정이 많은 사람이다. 중국산을 국산인 줄 알고 속고 살까 봐. 특히 먹을거리에 민감했다. 마트나 시장에서 국산이라고 써 붙인 팻말을 보면 고개를 갸웃거리며 바로 믿지를 못했다. 지난겨울 계모임 친구들과 일본 여행을 갔을 때 엄마는 내 선물이라며 작은 찻잔을 사 왔다. 하얀 바탕에 노란 꽃이 담백하게 그려진 찻잔이었다. 예쁘다, 고맙다고 말하면서 포장을 풀다가 'made in china' 표시를 봤다. 엄마가 사 온 다른 선물들도 하나하나 살펴봤다. 거의 중국에서 만든 제품이었다. 엄마가 사람들에게 '이거 일본에서 사 온 일제다'라고 말하며 선물을 내밀까 봐 걱정되었다. 엄마가 상심할 걸 알면서도, 혹시라도 나중에 다른 사람에게 면박을 당하는 것보다는 낫다고 생각해서 사실을 말했다.

영어를 모르니까 나는 이렇게 만날 멍청이같이.

엄마는 상심했다.

엄마 여기가 C로 시작하면 중국산이고 K로 시작하면 국산이야.

나는 영어 단어를 가리키며 말했다.

세상에 나라가 중국이랑 한국뿐이랴.

엄마는 크게 상심했다.

J로 시작하면 일본이야.

이제 일본 갈 일도 없다. 큰맘 먹고 곗돈 헐어서 간 건데 사기나 당하고.

이게 무슨 사기야. 이런 일 많아, 엄마. 우리나라 전통 제품이라고 나온 것도 중국산이 얼마나 많은데. 중국산이라고 꼭 나쁜 것도 아니고. 그냥 기념품으로 산 건데 신경 쓰지 마.

어딜 가도 사기꾼들뿐이지. 내가 그거를 얼마나 오래 보고 골랐는데. 찻잔 종류가 엄청 많았는데 그중에 제일 예쁜 그림만 골라온 건데.

예쁘면 됐지.

그래도 일본까지 가서 중국 거를 사 왔다는 게 창피하다.

그런 경우 많다니까. 비싼 것도 아니고, 괜찮아.

이거 다 사람들한테 선물로 주려고 골라온 거고 내가 일본 갔다 온 거 다 아는 사람들인데, 그럼 그 사람들은 알 거잖아. 영어를 보면 다 알잖아.

나는 찻잔 밑에 붙은 made in china 스티커를 살살 벗겨냈다. made까지만 떨어지고 그 뒤 글자는 제대로 벗겨지지 않았다. 다른 선물들도 살펴보며 스티커를 뗄 수 있는 것만 골라냈다. 엄마는 결국 아무에게도 선물을 주지 않았다. 그렇다고 엄마가 사용한 것도 아니고, 베란다 수납장 제일 구석에 넣어놓고 모른 척했다. 상심이 정말 컸던 거다.

연말도 다가오고 미처 챙기지 못한 겨울옷도 챙길 겸 나흘 정도 시간을 내어 고향으로 내려왔다. 내려온 지 이틀 째 되던 날 겨울 조끼를 사려고 엄마와 시내에 나갔다. 크로커다일 매장에 들어가서 무슨 색 조끼를 살까 망설이는데, 매장 사장이 다가오더니 오늘부터 일주일 동안 50% 세일 기간이라며 지금 사지 않으면 손해 보는 거라고 말을 걸었다. 엄마와 나는 별 대답 없이 조끼 서너 벌을 두고 고민했다.

이런 조끼는 코트 안에 입으면 아주 따뜻하고 티도 안 나고요.

사장이 남색 조끼를 들어 보이며 엄마 코트를 가리켰

다.

　이게 손님 코트랑 색깔이 아주 잘 어울리는데요. 손님이 핸드메이드 코트를 입으셨네. 핸드메이드 코트가 맵시는 살아도 따뜻하진 않잖아요. 근데 이런 조끼를 안에 입어만 주면…….

　나는 거울에 비친 엄마 표정을 슬쩍 살폈다. 감색 조끼를 사 들고 매장을 나오면서 엄마 코트 손목에 붙어 있는 'HANDMADE' 태그를 가리켰다.

　이게 핸드메이드란 글잔데 수제품이란 뜻이야.

　엄마가 코트 손목 부분을 잠깐 내려다봤다.

　이런 게 붙어 있으면 다 수제품이란 뜻이야.

　요즘은 그런 걸 믿을 수가 있어야지.

　그래도 모르고 사는 것보다는 낫잖아.

　엄마는 아무 표정도 짓지 않았고 아무 대꾸도 하지 않았다. 나는 엄마의 눈으로 거리를 봤다. 영어 간판이 훨씬 많았고, 영어 밑에 작게나마 한글로 매장 이름을 적어놓은 곳은 거의 없었다. 쇼윈도를 보면 무얼 파는지 알 수는 있지만 브랜드나 매장 이름을 알 방법은 없었다. 엄마는 올리비아하슬러 코트를 입고 랜드로바 단화를 신고 닥스 크로스백을 메고 있었다. 시내의 올리비아하슬러도 랜드로바도 닥스도 모두 영어 간판이었다. 엄마에게 물어보고 싶었다. 엄마가 메고 있는 가방을 어느 매장에서 샀는지. 그곳에는 어떻게 들어가게 되었는지. 사람들이 엄마 코트를 보고 핸드메이드를 입으셨네라고 말할 때 엄마는 어떤 생각을 하는지. 그런 걸 물어보는 대신 나는 고등어조림이 먹고 싶다고 했다. 그럼 고등어를 사서 가자고 엄마가 대꾸했다. 시장에 들러 고등어와 무와 고사리를 조금 산 뒤 고향에 내려오면 꼭 들르는 포장마차를 찾아가 떡볶이와 어묵을 먹고 집으로 돌아왔다. 외투를 벗자마자 엄마에게 종이를 주고 알파벳을 순서대로 써보라고 했다.

왜?

엄마가 물었다.

일단 써봐.

엄마는 A부터 쭉 써내려 갔다. Q 다음에 조금 헤맸지만 시간을 들여 Z까지 다 썼다.

A는 에이잖아. 그러니까 아나 애로 발음하면 되는데 가끔은 어 소리도 나.

나는 종이에 Apple을 쓰고 애플이라고 읽고 사과라고 알려줬다.

B는 비잖아. 그래서 비읍 발음으로 읽으면 돼.

나는 종이에 Banana를 쓰고 바나나라고 읽고 바나나라고 알려줬다.

이제 와서 내가 이걸 어떻게 다 외우는데.

엄마가 곤란하다는 표정으로 말했다.

단어를 외우라는 게 아니고, 발음만 알면 영어를 읽

을 수는 있잖아. 그럼 거리에 간판 같은 거는 볼 수 있으니까. 또 나라 이름 몇 개만 외우면 어느 나라에서 만든 건지도 알 수 있고.

엄마는 골치가 아프다고 했다. 나는 그렇게 어렵지 않다고 했다. 외울 필요도 없고 그냥 소리 나는 대로 읽기만 하면 된다고. C옆에 Camera를 쓰고 카메라라고 쓰고 읽었다. D옆에 Dubai를 쓰고 두바이라고 쓰고 읽었다. E옆에 Elevator를 쓰고 엘리베이터라고 쓰고 읽었다. F옆에 France를 쓰고 프랑스라고 쓰고 읽었다.

C는 키읔이라며.

엄마가 물었다.

응. 근데 시옷이나 치읓 발음이 날 때도 있어. c랑 h가 같이 붙어 있으면 치읓 소리가 나. 크랑 흐랑 붙으면 묘하게 츠 같잖아.

나는 China를 쓰고 차이나라고 읽었다.

그럼 시옷이랑 키읔으로 소리 나는 건 어떻게 구분하나.

음…… c랑 e가 붙으면 그럴 때가 있는데…… 그냥 대충 감이 오잖아. 프랑까지 하면 스가 오겠구나…….

프랑크도 있잖아. 켄터키 프랑크 쫀쫀해요 빠방.

그러니까 그냥 상황을 보고 나라를 얘기하는 것 같으면…….

뭐가 그래.

이게 엄마. 사실은 프랑스가 아니고 프랜스거든. 미국인들은 그렇게 발음하거든. 카메라도 실은 캐메라가 아니고 캠러.

나는 혀를 많이 굴렸고 엄마가 웃었다. 나는 스마트폰을 꺼내 검색창에 Camera를 입력하고 실제 미국인 발음을 들려줬다. 엄마가 웃으며 스피커 표시를 계속 눌렀다. 캠러가 거실 가득 계속 울렸다.

엄마가 외국인이랑 대화할 것도 아니고 길거리에 있는 영어만 알아보면 되니까, 머릿속으로 대충 읽을 정도만 되면…….

엄마가 계속 캠러를 틀었다. 나는 검색창에 Apple도 입력하고 Elevator도 입력했다. 엄마는 핸드폰 스피커에서 흘러나오는 소리를 들으며 계속 웃었다. 웃기만 하고 따라서 발음하지는 않았다. 나는 G옆에 Go를 쓰고 Stop도 쓰고 고스톱이라고 썼다. H옆에 Handmade를 쓰고 핸드메이드, 수제품이라고 썼다. 거리에 많이 볼 수 있거나 일상어가 된 외래어를 최대한 떠올려서 Z까지 채웠다.

겨울이라 날이 일찍 어두워졌다. 엄마는 고등어조림을 만들고 나는 고사리나물을 볶았다. 엄마와 마주보고 앉아 저녁밥을 먹으며 텔레비전을 봤다. 일일드라마가 끝나고 핸드폰 광고가 나왔다.

핸드폰도 영어지.

엄마가 물었다.

응. 근데 우리나라에서만 쓰는 영어야. 미국사람들은 핸드폰이라고 안 그래.

그럼?

나는 스마트폰 검색창에 셀폰을 입력한 뒤 엄마에게 들려줬다.

근데 우리는 왜 핸드폰이라고 하나?

몰라. 다들 그렇게 부르니까.

왜 그러지. 우리나라 말로 안 하고.

외국에서 들어와서?

삼성이랑 엘지랑 엄청 많이 판다며. 다른 나라에.

그러게.

그럼 진짜 우리나라 말로는 핸드폰이 뭔데?

음…… 휴대전화?

……그것도 딱히 우리나라 말처럼 들리진 않네.

엄마는 기운 없이 중얼거리며 빠르게 시작되고 끝나는 광고를 쳐다봤다. 나는 우리나라 말처럼 들리는 건 뭘까 생각하며 고등어 가시를 발라냈다. 광고마다 영어가 나왔다. 영어를 사용하지 않는 상품이 거의 없었다. 그러다 갑자기 흙표 돌침대 광고가 나왔다. 마치 제3세계 광고를 보는 것 같았다.

다음 날 일어나자마자 엄마와 목욕탕에 갔다. 온탕에 몸을 담그고 앉아서도 나는 계속 영어 발음 기호에 대해 말했다. 엄마는 눈을 감고 내 말을 듣다가 머리가 아프다면서, 여태 모르고 살았는데 이제 와서 무슨 공부냐고 혼잣말처럼 중얼거렸다. 엄마에게 영어 읽는 방법을 가르쳐주는 게 결국은 내 편의를 위해서 아닌가, 나는 잠시 생각에 빠졌다. 목욕을 마치고 집에 들러 간단히 밥을 먹었다. 친구를 만나러 시내에 다녀오겠다고 집을 나서는데, 엄마도 천변으로 운동을 가겠다며 따라나섰다. 엄마는 나이키 운동화에 아디다스 점퍼를 입고 있었다. 엄마에게 입고 있는 점퍼가 어느 브랜드인지 아느냐고 물었다. 엄마는 기가 막힌다는 표정으로 나를 봤다.

왜. 내가 뭔지도 모르고 입고 다닐까 봐.

아니, 그냥……

아디다스잖아.

엄마가 가슴팍에 찍힌 아디다스 로고를 가리키며 덧붙였다.

엄마를 너무 그렇게 보지는 마라.

엄마는 먼저 대문을 열고 나가버렸다. 그랬다. 나는 엄마를 너무…… 그렇게 봤다. 엄마가 궁금해하는 것이 있으면 그것에 대해서 최선을 다해 대답하면 될 일이었다. 어린 시절 엄마가 내게 그랬던 것처럼.

서울에 올라가려고 짐을 챙겨 방을 나섰다. 엄마는 식탁 의자에 앉아 내가 써준 종이를 물끄러미 내려다보고 있었다. 의자에 걸쳐 둔 외투를 입으려는데, 엄마가 내 가슴을 보면서 말했다.

그럼 그건 사랑이네.

엄마 목소리로 '사랑'이란 말을 듣기는, 내 기억으로는 처음이었다.

네 가슴에 있는 그거.

나는 가슴을 내려다봤다. 니트의 왼쪽에 작은 글씨로 LOVE U라는 글자가 새겨져 있었다.

응. 맞아 엄마. 그리고 이건 너.

나는 U를 가리키며 대답했다.

사랑한다 너를.

엄마가 말했다.

우 리 는 날마다

2018년 1월 8일 1판 1쇄 찍음
2018년 12월 26일 1판 2쇄 펴냄

지은이 _ 강화길 외 18명
펴낸이 _ 김성규
책임편집 _ 박찬세
디자인 _ 조혜주

펴낸곳 _ 걷는사람
주소 _ 서울특별시 서대문구 거북골로154, 104동 1512호
전화 _ 031-901-2602 **팩스** _ 031-901-2604
이메일 _ walker2017@naver.com
SNS _ www.facebook.com/walker1121
등록 _ 2016년 11월 18일 제25100-2016-000083호

ISBN
ISBN 979-11-960081-6-1   04810
ISBN 979-11-960081-2-3 (세트)   04810